I0537680

After AIDS

Jack Felson

After AIDS

Volume 1

Two Colors

© Jack Felson, 1998
Publié pour la première fois en 2002

© Two Colors Ventures, Ltd., Londres, Royaume-Uni, 2014
pour cette nouvelle édition augmentée
d'un sketch (*Les Femmes d'abord*)

Tous droits réservés.

Prologue

Le professeur regarda sa montre, et eut un léger haussement de sourcils.

– Il nous reste, disons... sept minutes avant la sonnerie, dit-il. (Son cours était le dernier de la journée, et il avait dit tout ce qu'il avait à dire.)

Plusieurs élèves levèrent la main.

– Oui? fit le professeur, à l'adresse de l'un d'eux.

– On peut partir tout de suite? lança le gosse.

Quelques gloussements fusèrent. Le professeur sourit.

– Non, répondit-il en secouant la tête. J'ai une autre idée, et je suis d'avis qu'elle est meilleure. Avant que vous ne rentriez chez vous, nous allons parler d'un sujet qui vous est plus proche que tout ce que l'on peut vous enseigner dans ce lycée. Devinez quoi?

Silence.

– Eh bien, vous-mêmes, tout simplement.

– Nous? lança une fille, l'air incrédule.

– Oui. Vos problèmes actuels, ou plutôt celui qui vous touche au plus près, vos préoccupations, comment vous voyez votre avenir, des choses comme ça, quoi. Nous allons y consacrer nos sept dernières minutes.

Bien sûr, n'auront la parole que ceux qui voudront bien la prendre. Vous avez le droit d'y mettre une sourdine. Ça marche?

Ses élèves de terminale regardèrent autour d'eux, se jaugeant, prenant la température du groupe; cela dura une bonne dizaine de secondes, avant que l'un d'eux ne s'exclamât:

– Voulez savoir mon problème, à moi? fit-il.

– Mais on ne demande que ça, mon petit, affirma le professeur, d'un ton amical.

– J'ai toujours la trouille en venant ici, dit-il. Et c'est encore pire en sortant! Y a toujours, matin et soir, des types qui sont prêts à vous dérouiller pour une montre, un blouson, un porte-monnaie ou autre chose.

– Ça t'est déjà arrivé, ce genre de tuile? questionna le professeur.

– Ça a failli, répondit l'autre. C'est pour ça que j'arrive souvent en retard, et que je demande souvent à partir avant la sonnerie.

– C'est donc ça! dit le professeur.

– Mon problème à moi, dans ce bahut, lança une blonde très sexy, c'est les mecs. C'est tous des ploucs. Point à la ligne.

Les filles rigolèrent, les garçons répondirent par des huées et des sifflets.

– Si t'es pas contente, t'as qu'à changer de quartier, fit l'un d'eux.

– Va dire ça à ma mère, répondit-elle.

– Mon casse-tête à moi, c'est les gonzesses comme toi, fit un autre. Le genre supérieur, toujours à faire style.

– Ouais, et ça pousse de partout en ce moment, fit un troisième.

– C'est bon, c'est bon, dit l'enseignant. Vous n'avez rien d'autre de plus intéressant? Votre travail en classe,

6

par exemple? Les matières qui vous ont posé le plus de problèmes, et qui vous en posent toujours?

– Les matières scientifiques, répondit un garçon, calé au fond de la salle. J'ai rien contre, faut que vous me croyiez, mais franchement, toutes ces formules à retenir, moi ça me fout la tête comme une citrouille.

– C'est vrai, moi aussi, j'ai du mal à m'y retrouver, fit un autre. Y en a trop, je vous jure. De quoi vous emberlificoter les neurones.

Des filles pouffèrent.

– Tu voudrais qu'il y ait moins de formules? demanda le professeur.

– Ça m'arrangerait bougrement, répondit le type au fond de la salle.

– Mais tu sais bien que ce n'est pas possible.

– Ce qu'il faudrait, c'est qu'on nous aide à distinguer les formules les plus importantes des autres, dit le type. Ça, ce serait une solution, une solution au poil, même. On serait cinq fois moins emmerdés.

– Facile à dire, dit une fille.

– Ce qu'il faudrait, c'est qu'il n'y ait plus de formules du tout, dit un autre.

– Allons, allons, un peu de sérieux, dit le professeur. Vous semblez oublier que vous en avez fini, avec toutes ces formules, depuis que vous êtes entrés en terminale en choisissant cette filière littéraire, donc ne parlez pas pour ne rien dire.

– Moi, j'trouve qu'on devrait pas finir l'école aussi tard, se plaignit une fille à voix de basse, après avoir en vain étouffé un bâillement. On passe plus de temps à bosser à l'école que chez soi. C'est pas normal, et il n'y a qu'en France qu'on voit ça.

Tous approuvèrent bruyamment.

– Tenez, ma mère elle est allée en Allemagne, l'an dernier, dit l'élève placé à côté d'elle. Elle m'a dit que là-bas, ils finissent les cours à treize heures. Vous vous rendez compte? Treize heures!

– Résultat, poursuivit la fille, ils ont tout le temps qu'il faut pour se détendre, faire du sport ou s'envoyer en l'air avant de passer aux choses sérieuses, pendant que nous, on s'encroûte avant l'âge dans les salles de classe... On rentre chez nous tellement crevés et avec une telle migraine qu'on ne pense plus qu'à une chose: en écraser...

– Oui, approuva le professeur, c'est un des problèmes les plus préoccupants de ce pays, qui détient le système scolaire le plus lourd d'Europe. L'élève n'a plus le temps de se consacrer à d'autres activités. Oui, c'est un problème...

– C'est les boches qu'ont du bol, lança quelqu'un.

– Y a pas qu'eux, dit un autre. Paraît qu'en Angleterre, en Belgique, aux States, bref dans plein d'autres pays, c'est pareil.

– Moi, je me suis trouvée un type super, lança soudain une jolie brune, placée juste devant le prof. Et mon rêve, c'est de l'avoir dans mon lit. Mais il a peur d'acheter des préservatifs. Il en avait acheté une boîte, avant, et la pharmacienne, qui le connaissait bien, a mouchardé au téléphone. Ses parents lui ont flanqué une de ces corrections... Moi aussi, j'ai peur. J'ai même peur d'en prendre dans les distributeurs. Les gens autour de moi sont tellement vicieux et méchants, ils prennent toujours plaisir à vous enfoncer... Je sais pas quoi faire, vraiment. Je sais pas quoi faire.

– Achète un préservatif, lança un type.

Personne ne trouva ça drôle.

– T'as qu'à en demander aux copines, fit une autre fille.

– C'est ça, et en moins de temps qu'il n'en faut à une

puce pour sauter, c'est tout le bahut qui sera au parfum, dit un autre gars. On vous connaît bien, les filles.

– Bref, ton problème, c'est tout simplement cette maladie qu'on appelle le sida? questionna l'enseignant.

– Si on veut, marmonna la fille.

– Voilà quelque chose qui nous concerne, tous autant que nous sommes, dit-il. C'est le sujet rêvé, et je commençais à me demander quand vous y arriveriez... Maintenant, écoutez-moi bien, tous. J'ai besoin de volontaires pour rédiger une histoire de fiction sur cette maladie; ou plus précisément, corrigea-t-il, sur ce qui se passerait à l'occasion de la découverte d'un vaccin contre cette maladie. (Comme personne ne bronchait, il continua:) L'un de mes collègues professeurs, qui enseigne à la fac de Nanterre, vient d'apprendre que son fils est séropositif. Dans l'espoir d'accélérer les recherches, le directeur a décidé de faire écrire des histoires à plusieurs élèves de terminale littéraire de cet établissement, en plus de celles qui le seront par des étudiants en littérature à Nanterre; des histoires dont les meilleures seront retenues et réunies en un recueil qui sera publié. Alors? Ça ne vous inspire toujours rien? (Nouvelle pause, pendant laquelle aucun des élèves ne pipa.) Levez la main, ceux qui aiment tenir un stylo pendant plus de quinze minutes. Comme le temps presse, je vous donne dix secondes.

Huit élèves – cinq filles et trois garçons – se risquèrent.

– Parfait, dit le professeur avec un demi-sourire. C'est bien.

Il s'empara d'un calepin posé sur son bureau, et se mit à relever les noms des altruistes, qui tous se grattaient déjà la tête, semblant regretter leur geste. Puis, après avoir prononcé les noms à haute voix:

– ... je vous donne deux semaines de congé, annonça-t-il.

La surprise fut telle qu'une bordée d'exclamations emplit d'un coup la salle; puis toutes les mains se levèrent.

– C'est trop tard, dit le professeur dont le sourire s'était élargi.

Des beuglements fusèrent, de tous les côtés.

– C'est pas du jeu!

– Qu'est-ce que c'est que cette merde?

– C'est pas juste, hé! C'est pas juste!

– Ça compte pas! On recommence!

– Ouais! approuvèrent bruyamment plusieurs autres.

– On remet ça, et pas plus tard que tout de suite!

– Vous rêvez, ou quoi? Il a déjà relevé tous les noms!

– Ben ouais, on est hors-jeu, maintenant.

– Ils nous ont roulés, voilà. C'était combiné à l'avance, j'en suis sûr.

– Y a pas de combine, et personne ne s'est fait rouler, dit l'un des élus, qui maintenant paraissait rudement content de lui, tout comme les autres. Z'aviez qu'à lever la main, et c'est marre.

– Le directeur vous donne deux semaines, le temps de trouver votre histoire, définir les personnages et rédiger votre texte, à la main et lisiblement, sur des feuilles blanches, dit l'enseignant. Il veut des textes de vingt pages minimum. Vous pouvez situer vos histoires où vous voulez, du moment que ce soit à l'occasion de la découverte d'un vaccin. Ceux qui n'auront rien fait seront portés absents pendant ces quinze jours et prendront le risque d'une suspension, voire d'une exclusion selon l'humeur du directeur; ce sera à vos risques et périls. Ce qui est sûr, c'est qu'il aura vos noms et qu'il ne voudra plus entendre parler de vous pendant deux semaines. (A ce moment, la sonnerie retentit.) Il m'a dit de vous souhaiter bonne chance. (Les « involontaires » se levèrent pour partir, visiblement dégoûtés.) Les autres, bien sûr, retour demain matin dans votre lycée préféré, à la première heure. Et n'allez pas chahuter vos camarades en sortant! Fichez-leur la paix, ils auront plus de boulot que vous, après tout...

Le directeur et celui de la faculté de Nanterre auront fait le tri entre cent-vingt-neuf histoires, pour la conception de leur recueil. Trente-huit d'entre elles auront finalement retenu son attention; parmi elles, ces quelques récits, les plus drôles à mon goût, présentés sous forme de sketches.

La Directrice adjointe.

After AIDS

Avertissement de l'auteur

Comme le professeur le précise dans le prologue, les sketches qui suivent sont censés se dérouler au même moment – celui de la découverte d'un antidote contre le virus du sida. Un tel produit n'existe pas encore; l'ensemble de ce texte doit donc être pris pour ce qu'il est, c'est-à-dire une œuvre totalement fictive, à ne surtout pas prendre au premier degré.

– Si ? demande en souriant la jeune fille, étudiante en espagnol, en présentant à son compagnon un préservatif qu'elle venait de sortir d'un tiroir de sa table de chevet.

Le jeune garçon, étudiant en russe, répond aussitôt:

– Da !

Ils roulent des yeux exorbités, avant d'éclater de rire:

– Non, non, non, non, non, non...

Et le jeune garçon d'enfiler l'outil.

Sketch I

NEW YORK DANCERS

Rien de tel que d'énormes titres en manchette d'un journal national – quand ce n'est pas une fille bien géographiée, en chair et en os ou collée sur une affiche grand format – pour taper dans l'œil et donner le tournis à n'importe quel humanoïde normalement constitué.

Deux types, l'un sapé style rupin, l'autre genre clodo, qui venaient de s'arrêter net devant un kiosque, échangèrent un bref coup d'œil éberlué avant de rafler deux exemplaires différents d'éditions du soir.

Au bout d'un moment, le mal coiffé leva des yeux abasourdis, regarda l'autre et demanda:

– Info ou intox, selon vous?

Le yuppie continua à lire sans rien répondre.

– Hé là, vous deux! lança le vendeur. Avant de lire, il faut passer la monnaie!

Ils se précipitèrent, sans toutefois payer. Le yuppie agita le journal sous le nez du vendeur:

– Vous y croyez, vous, à cette affaire?

– Ben, s'ils l'ont écrit et imprimé, fit le vendeur, alors bon Dieu, quoi...

– C'est du bidon! s'écria le mal peigné. Je suis prêt à

le parier à dix contre un, qu'ils se sont tous passés le mot. C'est encore une combine pour nous pousser à acheter le canard!

Mais le doute fut rapidement levé, d'abord par la télévision puis par la radio qui s'étaient déjà emparées de l'info. A peine le mal tiffé avait-il parlé qu'un grand type noir surexcité genre Rasta Man, en patins à roulettes, passa derrière eux, sans s'arrêter. Il portait sur son épaule un gros poste de radio, réglé sur une fréquence d'informations en continu, dont le volume était à son maximum, et qui braillait la nouvelle avec menus détails.

Après un instant de stupeur et d'hésitation, ce fut soudain la ruée. Le vendeur de journaux, qui ne fut jamais autant débordé, se retrouva vite en rupture de stock de journaux du soir. Son tiroir-caisse afficha vite complet, il le vida, compta et recompta les billets et, jugeant avoir gagné plus que sa journée, ferma rapidement boutique.

Ce dont il ne s'aperçut pas, c'est que quelques opportunistes avaient profité du bref désordre pour lui subtiliser en douce un bon nombre de magazines de mode et de revues cochonnes.

Que cet événement inespéré – la découverte d'un vaccin contre le virus du Sida – fût l'œuvre d'un médecin français expatrié à New York, importait peu aux yeux des Américains. Du moins pour l'instant. Pour l'heure – 18 heures 45 – la nouvelle se répandit comme une traînée de poudre à New York et, après confirmation, provoqua un phénomène de liesse sans précédent. Le médicament avait été expérimenté dans plusieurs hôpitaux, et avait donné des résultats significatifs.

En une demi-heure, ce fut du délire. Les plus grandes voies de circulation dans Manhattan furent envahies de badauds déchaînés, dont une grande partie étaient séropositifs. Tous les quartiers, sans exception, se mirent à danser à des rythmes plus ou moins effrénés selon le niveau social. De nombreux établissements parmi les plus huppés de New York, magasins, restaurants et autres, virent cependant cette lacune comblée; ainsi le *Cirque,* restaurant français situé au rez-de-chaussée du *Mayfair Regent Hotel,* ne porta jamais mieux son nom que ce soir-là, investi qu'il fut par un groupe de personnes en transes dont les mieux bâtis se déhanchaient sur un tempo langoureux et trépidant, tandis que les autres, dans leur joie, hurlaient plus qu'ils ne chantaient, tout en claquant des mains et en tapant des pieds.

Mais l'air peu engageant des serveurs et dîneurs présents refroidit un tantinet leur enthousiasme.

– Non mais, visez-moi ce ramassis d'enflés, un vrai cauchemar!

– Allez, levez-vous de table, quoi! Vous n'êtes pas farcis à ce point!

– On se bouge, là-dedans! L'heure est à la fête, pas à la sieste!

– J'vais vous secouer tout ça, moi!

D'autres déclarations du même genre, celles-là saupoudrées de séances significatives, achevèrent de dégeler l'assistance. Les responsables, compréhensifs et bientôt dopés, ne tentèrent finalement rien pour expulser les intrus, et les dîneurs s'animèrent progressivement jusqu'à joindre leurs clameurs et leurs talents de danseurs à ceux du groupe.

La célébration était vraiment lancée.

Après le coucher de soleil, la Cinquième Avenue, le poumon de la ville, fut bloquée sur toute sa longueur (près de vingt kilomètres). Si les colporteurs de camelote, vite débordés, finalement jugèrent plus sage de rempiler et de réintégrer leurs gourbis, les vendeurs ambulants de sandwichs, de hot-dogs et autres gâteries affluèrent comme un seul homme et se mirent rapidement de la partie. Les automobilistes, surpris par ce déluge humain, mirent du temps à réagir, d'autant plus que l'ambiance était surtout à la provocation. L'assistance comptait évidemment bon nombre de filles dotées de châssis à ressusciter un cadavre, qu'elles faisaient mieux que suggérer; et la chaleur, pourtant loin d'être écrasante, achevait de faire monter l'adrénaline de tout le monde.

Un chauffeur de taxi, coincé dans la nasse, baissa sa vitre, passa la tête au-dehors et se mit à crier:

– Hé, dites donc, dégagez la piste! Faut qu'je fasse mon boulot, nom de D...

A ce moment-là, il fut bousculé par-derrière et rentra précipitamment la tête, manquant de peu d'être décapité.

– Oh! pardon, mon chou! fit une chaude voix de fille.

A la vue de cette beauté blonde à demi-nue, vêtue d'un simple soutien-gorge étroit dont la blancheur faisait ressortir le hâle de sa peau, et d'un jean bleu taille basse, ultra-serré, qui moulait le galbe de ses cuisses, le sang du taxi ne fit qu'un tour; il resta un instant bouche bée, les yeux ronds d'ahurissement.

– Faut pas t'énerver comme ça, chéri! Je t'ai fait mal? (Elle se pencha lascivement.) Dis, pourquoi tu fais pas la fête, comme tout le monde? P'têt que t'es pas encore au courant?

Le chauffeur parut se réveiller. Comme bon nombre d'Américains, il était puritain (ou prétendait l'être) et tolérait difficilement ce genre d'étalage de chair jeune au grand air. Il lui répondit qu'il était de service et que le sida ne le concernait ni de près, ni de loin, lui conseilla de rentrer s'habiller et de se conduire comme une bonne petite fille bien élevée, et remonta sa vitre avec une grimace où se mêlaient la frustration et la désapprobation.

Avec un cri de surprise, la fille frappa la vitre du poing, avant d'exprimer sa colère et son dépit par une série de gestes explicites. Elle baissa son soutien-gorge l'espace d'un instant, puis se tourna et se mit si bien à se déhancher et se tortiller, devant puis contre la vitre, côté pile puis côté face, que le chauffeur put tout lui voir, hanches, miches, nibards et nombril, par ordre alphabétique.

Puis la fille disparut dans la foule, le laissant abasourdi.

Il avait depuis un moment oublié son client, un homme d'une quarantaine d'années très chichement vêtu, en route pour rentrer chez lui dans son pavillon de banlieue, et qui jusque-là n'avait pas prononcé une parole, ni bougé d'un pouce, tapi au fond du véhicule. Il éclata soudain de rire derrière lui.

Le chauffeur n'apprécia guère:

– Ça vous fait marrer? fit-il en se retournant.

Là-dessus, avec un grognement sourd, il fit partir son poing qui atteignit l'autre à la tempe. Ce dernier, qui ne rigolait plus du tout, riposta par une gauche à la pointe du menton. La bagarre s'amplifia dans le taxi, avant que l'une des deux portières de derrière ne cédât, déversant les deux pugilistes emmêlés sur la chaussée encombrée. Plusieurs personnes trébuchèrent et tombèrent, mais aucune ne s'énerva. Le chauffeur et son client remontèrent dans le taxi en marmonnant des excuses, bouclèrent les portières et reprirent leur empoignade privée.

Sur Broadway, au niveau de Fulton Street, une autre

femme somptueuse, brune celle-là, et qui ne jurait que par l'amour, se faisait un devoir d'embrasser tous les hommes qu'elle croisait sur son chemin, à condition que ces hommes soient au moins aussi grands qu'elle. Sa condition de malade lui avait jusque-là interdit toute relation sexuelle libre et totale, et elle se sentait maintenant libérée, transportée par une sorte d'ivresse qu'elle n'avait jamais connue. Et ce soir-là, elle entamait une course à l'amour fou.

Elle avait pour ainsi dire perdu la tête.

Elle sautait au cou de tous les hommes précités et les embrassait tendrement, sur la joue puis sur la bouche, comme si elle les avait connus et aimés toute sa vie. Selon leur humeur et leurs penchants pour l'autre sexe, les hommes, surpris, soit la laissaient faire, se surprenant parfois à lui rendre son baiser, soit la repoussaient sans ménagements. Malgré ce dernier traitement, elle continuait, increvable, sans distinction de race, avec, sortant régulièrement de ses lèvres, des phrases du type : « Je vous aime », « Je vous aime tous », « Je ne peux pas vivre sans vous », prononcées d'une voix chaude et douce.

Aucun des hommes qui l'avaient repoussée n'était cependant resté indifférent à sa plastique irréprochable; et c'est ainsi que tout s'enclencha.

L'un de ceux-là, poussé autant par une excitation croissante que par le remords, la suivit dans la foule. Avant qu'elle ait pu offrir ses lèvres à un autre gus, il la saisit par la taille et la souleva de terre, la tenant serrée contre lui. Elle lui passa aussitôt les bras autour du cou et l'embrassa, sans se soucier de l'endroit où il l'entraînait. Arrivé sur le trottoir, il la fit basculer au sol, fondit sur elle et la viola.

Ou plutôt, il lui fit l'amour, s'y prenant sans aucune brutalité, et elle se laissait faire, ne se débattait pas.

24

Mais plusieurs personnes interprétèrent cet acte commis sur la voie publique pour un viol caractérisé, et firent exploser le standard de la Brigade des Mœurs.

Une fois soulagé, l'homme se redressa, après avoir discrètement glissé une carte de visite dans la poche intérieure de la veste de la fille, toujours étendue au sol, et qui avait l'air d'en redemander. C'est alors que deux mains vigoureuses empoignèrent l'homme par derrière et le firent valser à dix mètres. Un second homme, puis un troisième, puis un quatrième, besognèrent la fille, lui mettant à chaque fois la main sur la bouche pour l'empêcher de crier, bien qu'elle n'en eût pas l'intention. Les uns, émoustillés, considérant sans doute que cela faisait partie de la Fête de l'Amour, les autres, indignés, se ruant sur leurs téléphones portables et les cabines publiques, les gens n'intervinrent pas.

Les flics des Mœurs se pointèrent, et soulagèrent brutalement la fille du poids du quatrième homme qu'ils eurent toutes les peines du monde à embarquer, tellement il était excité. Les trois autres s'étaient déjà fondus dans la foule en délire, le premier encore secoué par l'empoignade, les deux autres encore débraillés et la braguette ouverte.

Quant à la fille, après s'être relevée et réajustée, elle recommença son manège.

D'ailleurs, beaucoup d'autres personnes partout ailleurs dans Manhattan et dans les autres districts de la ville, se comportaient comme elle le faisait, à peu de choses près, se jetant au cou de fêtards ou de passants qu'elles ne connaissaient pas pour les embrasser au nom de l'Amour universel. Des gens minés par la maladie, pour qui l'apparition de ce vaccin définitif apparaissait comme une délivrance sans nom, ou des séropositifs qu'envahissait un immense soulagement.

Tous ces gens, survitaminés, n'avaient plus qu'une idée en tête: faire la fête, et afficher leur nouvelle liberté sexuelle qui promettait de s'épanouir dans un proche avenir. Et les autres, ceux que la maladie ne concernait même pas indirectement – pas tous, bien sûr – se joignaient sans peine à eux. Toute discrimination avait disparu, comme par magie. Cette fièvre s'était même installée dans les quartiers financiers et dans leurs immenses gratte-ciel.

Avec, dans les bouches, cette même phrase, devenue presque un slogan, qui revenait plus souvent qu'à son tour:

– *AIDS is gone, long live love!* [1]

Les autres quartiers de New York n'étaient pas en reste: que ce soit dans le Bronx, à Brooklyn, dans le Queens ou à Staten Island, les voies principales étaient bouchées et les gens faisaient la fête. Des Noirs aux Blancs, des Italiens aux Chinois en passant par les Hispaniques, les Polonais et les Irlandais, des yuppies aux clochards, des artistes aux mannequins, des politiciens aux boursicoteurs, des prostituées aux maquereaux, des homosexuels aux lesbiennes, des crackés aux désintoxiqués, des policiers aux gangsters, des grands patrons aux petits salariés, des philanthropes aux arnaqueurs, des grands romantiques aux grands frustrés, des gros caïds aux petits malfrats, des athées aux fanatiques, des sadiques aux masochistes, des percepteurs aux surendettés, des vieillards aux nourrissons, des automobilistes aux piétons, dans le luxe ou dans la crasse, dans l'opulence ou dans la misère... tous faisaient la fête.

A leur manière.

Car s'ils faisaient la nouba, ils n'en restaient pas

1. Le Sida est mort, vive l'amour!

moins en service. C'était en effet une occasion en or, une soirée de grâce – qui en appelait d'autres – pour les maquereaux, prostituées, animateurs de *peep show* et autres racoleurs du même acabit (auxquels on pouvait inclure les propriétaires de sites Internet spécialisés), qui voyaient leurs bénéfices crever des plafonds. Mais il fallait également compter avec les flics, les détrousseurs, les clodos et les dealers qui s'infiltraient eux aussi dans la masse humaine, les yeux attentifs. Les prostituées cherchaient des clients éventuels. Les maquereaux recherchaient de la chair fraîche et innocente. Les flics, en civil, cherchaient des têtes connues de leurs services. Les détrousseurs cherchaient des portefeuilles et des sacs à main; les moins dégourdis se faisaient surprendre et déclenchaient des bagarres. Les clochards quêtaient des pièces de dix à cinquante cents et des tickets de restaurant, et récoltaient surtout des coups de pied assénés plus ou moins volontairement, dans l'indifférence. Les dealers de drogue scrutaient les visages, à la recherche d'acheteurs en manque.

Bon nombre de piétons se voyaient heurtés, voire renversés par des automobilistes excédés, qui ne pouvaient circuler que très lentement. Certains devaient même se battre pour se garer dans les emplacements libres, occupés par des badauds qui se disaient prioritaires. Dans leur colère, ils faisaient donc continuellement retentir leurs klaxons, ajoutant au tintamarre général. Les conducteurs d'autobus avaient à peu près les mêmes problèmes, circulant avec le plus grand mal sur les voies qui leur étaient réservées. Les chauffeurs de taxi se disputaient avec leurs clients au sujet des compteurs, et quand les clients ne criaient pas à l'escroquerie, ils hurlaient: « *AIDS is gone, long live love!* » Beaucoup de ces chauffeurs d'autobus et de taxi étaient d'ailleurs constamment assaillis, voire provoqués, par des fêtards qui avaient atteint le seuil limite de survoltage.

William (Billy) Pallister, 31 ans, flic blanc à Manhattan, n'avait lui-même pas longtemps résisté à la poussée de fièvre. Sa femme Linda, 26 ans, infirmière à la peau cuivrée, au visage d'ange et au corps de déesse, le rendait constamment fou. Mais elle était séropositive; et comme il ne supportait pas les préservatifs, étant allergique au latex, ils ne faisaient l'amour que très épisodiquement. Parce qu'elle aimait profondément son mari, et qu'elle l'avait maintes fois trompé dans son dos – ce qui lui avait valu de contracter la maladie –, elle acceptait sans trop de peine qu'il la trompât ouvertement.

Aujourd'hui était pour lui jour de congé; il se morfondait donc tout seul dans l'appartement sale, pendant qu'elle s'échinait à l'hôpital depuis le début de la matinée. L'*American Way of Life* dans toute sa splendeur. Pour tuer le temps, il regardait à la télévision des émissions, séries et autres feuilletons tous plus indigents les uns que les autres, tout en se bourrant la panse de chips, de pommes frites, d'œufs au bacon, de hamburgers, de Coca-Cola et de crème glacée. Et quand il ne s'empiffrait pas jusqu'à en être écœuré lui-même, il faisait les cent pas à travers tout l'appartement, se creusant la tête pour trouver quelque chose à faire.

Il pensa à aller s'envoyer une des (trop) nombreuses femmes de sa connaissance, qui d'ailleurs le relançaient souvent au téléphone. Mais il s'y refusa tout de suite. L'idée de tromper une nouvelle fois la femme qu'il aimait avait fini par le révolter. Il avait épluché les revues de cinéma et avait décidé qu'aucun des films proposés ne valait le prix du ticket, aussi bas fut-il. Il n'avait pas envie de dormir, il détestait lire, il détestait les musées, il détestait ses collègues. Et il détestait New York.

Tout changea radicalement quand, peu avant 19 heures, le show télé ringard qui s'étirait péniblement et inutilement en longueur laissa subitement place à un flash spécial. Après le générique et son tapage d'usage, une somptueuse Noire au décolleté plus que généreux, qui semblait sur le point d'entrer en transes, bafouilla la sensationnelle information d'une voix que l'excitation avait rendue à la fois plus aiguë et plus rauque qu'à l'habitude.

Estimant en avoir assez vu et entendu, Billy éteignit le poste, se leva et se remit à faire les cent pas, cette fois à travers le salon.

C'était une nouvelle fabuleuse, inouïe, d'autant plus incroyable que personne ne l'espérait plus avant longtemps. Une découverte qui n'était même plus à l'ordre du jour. Devinant l'impact d'un tel événement, il alla à la fenêtre, l'ouvrit, regarda en contrebas et, au bout de quelques secondes, hocha la tête et referma la fenêtre.

La fiesta avait déjà commencé.

C'est alors qu'il pensa à Linda. Elle serait soignée! Il aurait dû y penser tout de suite. Elle recevrait le vaccin et serait à jamais guérie de ce fléau, comme tant d'autres personnes dans le monde!

Il pourrait maintenant se l'envoyer sans crainte ni arrière-pensée!

Il se rua sur le téléphone, décrocha le combiné, commença à former le numéro de l'hôpital, mais après un instant de réflexion, se ravisa et raccrocha. L'information avait dû provoquer un coup de feu à l'hôpital, et Linda devait être débordée.

Finalement, il se décida à se rendre sur place. Il

enfila son manteau en quatrième vitesse et sortit en trombe, faisant claquer la porte d'entrée.

Il effectua à pied le trajet en seulement dix minutes malgré la cohue et arriva à l'hôpital, essoufflé, surexcité et en nage. En entrant, il faillit être renversé par un interne qui sortait en courant.

Comme il l'avait prévu, le personnel semblait être dépassé par les événements. De nombreux internes en blouse blanche couraient en tous sens dans les couloirs, passant d'une chambre à une autre. De là où il était, Billy pouvait distinguer des fréquentes exclamations et sanglots de joie, venant de derrière des portes fermées.

Il s'avança vers le comptoir d'accueil.

– Je suis le mari de Linda Pallister, dit-il, savez-vous où elle se trouve en ce moment?

– Elle doit être au premier, répondit la grosse femme joufflue derrière le comptoir. Vous voulez que je l'appelle d'ici?

Billy réfléchit un instant avant de répondre:

– Oui, dites-lui de me retrouver dans la chambre 118 dans trois minutes.

Elle se mit à l'examiner attentivement.

– Ça doit être une sacrée bonne nouvelle, pour vous, hein? fit-elle.

– Appelez-la, s'il vous plaît.

– Vous saviez qu'elle était à deux doigts d'être virée? poursuivit-elle. Elle en a de la chance, ce truc tombe pile.

– Ça va, ça va, fit-il, légèrement agacé, faites ce que je vous demande, sinon je m'en charge moi-même.

Elle haussa les épaules et s'exécuta. Quand elle reposa le micro, Billy était déjà parti.

Il savait que Linda, de par sa beauté et sa prestance, suscitait la jalousie de bon nombre de ses collègues féminines, qui avaient utilisé sa séropositivité pour essayer de la faire virer. Elles avaient presque réussi. Si elles avaient su, et pu prouver, qu'elle faisait la call-girl pour arrondir ses difficiles fins de mois, elles y seraient parvenues à tous les coups.

La situation au premier étage était encore plus débridée qu'au rez-de-chaussée. Les membres du personnel cavalaient dans tous les sens, des portes s'ouvraient et se refermaient en claquant. L'air était zébré de cris de natures diverses; certains dénotaient la colère, et Billy devina sans peine qu'il s'agissait de patients atteints du Sida qui voulaient descendre faire la fête, mais à qui on refusait l'autorisation de sortir.

Billy arriva devant la porte de la chambre 118 et entra. Il trouva deux infirmières qui s'efforçaient à grand-peine de maintenir un homme d'une trentaine d'années sur son lit.

– Laissez-moi sortir! Laissez-moi sortir d'ici! Je n'ai plus rien à faire dans cet hôpital! glapissait le patient fou furieux.

Les infirmières lui répétaient sans cesse qu'il était encore malade et que le vaccin lui serait administré sous peu, mais l'autre ne voulait rien savoir.

L'une d'elles aperçut Billy; son visage se contracta un peu plus d'exaspération et elle se mit à siffler:

– Dites, ça ne vous ferait rien de nous aider?

Au même moment, Linda entra.

– Billy! s'exclama-t-elle. Mais qu'est-ce que tu es venu f...

Billy lui fit signe de se taire et l'entraîna dans le couloir. Il la prit par la main et l'entraîna vers les toilettes. Il n'en pouvait plus.

Quand elle comprit ce qu'il avait l'intention de faire, elle commença à se débattre:

– Non, Billy! Je ne veux pas!

Il la tira contre lui, lui passa un bras autour de la taille, la souleva et la porta jusqu'aux toilettes des femmes. Linda se débattait de plus belle, mais elle ne criait pas.

Fort heureusement, les toilettes étaient vides. Après l'avoir compris, Linda se mit à crier. Billy l'entraîna dans une des cabines, la lâcha et verrouilla la porte.

Le temps qu'il tournât la tête, et Linda, absolument furieuse, lui administra trois gifles puissantes qui ne firent rien pour le calmer. Il lui emprisonna les deux poignets dans sa main gauche, et de la droite, arracha sa blouse.

– Non, Billy, non... je risque de te contaminer... je t'en supplie, ne fais pas ça...

Avec un grognement surexcité, Billy sortit son engin déjà raidi et l'investit brutalement. Linda serra les dents le plus fort qu'elle put, pour s'empêcher de hurler.

Elle savait qu'elle risquait gros.

Lui, repu et réajusté, les jambes légèrement tremblantes, elle, assise sur la cuvette des W-C, sa blouse reboutonnée mais son slip enroulé autour du pied droit, ils se regardaient bizarrement, en chiens de faïence, pantelants, le cerveau en feu.

– Tu as oublié quelque chose, fit-il, désignant le slip de la tête.

Elle prit le slip, se mit debout et vint le fourrer dans la poche du veston de son mari. Puis elle lui passa les bras autour du cou, l'embrassa et dit:

– Pardon, Billy.

– Tu ferais bien d'y aller, maintenant, dit-il. Ils doivent tous se demander où tu es passée.

– Bien sûr, mais... tu es peut-être infecté, maintenant.

Il ouvrit de gros yeux:

– Tu ne vas pas me dire que tu n'es pas encore au parfum? fit-il.

– Idiot! fit-elle en riant. Evidemment que je suis au courant. Au cas où tu l'aurais oublié, c'est un hôpital, ici! (Comme il allait parler, elle l'arrêta de l'index:) Ecoute-moi, Billy. Crois-moi, je regrette infiniment d'avoir aussi mal réagi. Je comprenais parfaitement ce que tu ressentais, mais je trouve que tu aurais pu attendre encore un petit peu, avant de me foncer dessus comme ça – surtout ici... Suppose que tu sois contaminé, et que ce vaccin s'avère moins efficace qu'on le dit? Tu te rends compte? Dis – est-ce que tu comprends ce que je cherche à te dire?

Il ricana légèrement, en haussant les épaules:

– Un vaccin est un vaccin, dit-il.

– Bien sûr, convint-elle. Mais en attendant, demain tu reviendras pour passer le test de dépistage.

– Bon, si tu veux.

– Je ne veux pas – *il le faut.*

– A t'entendre, on croirait que ce vaccin est bon à jeter aux chiottes. Bon Dieu, mais c'est super, pourtant! Tu devrais péter de délire!

– Surtout, ne va pas croire que je suis restée sans réaction, quand j'ai appris ça. C'est génial, ajouta-t-elle le plus simplement du monde. Mais je trouve qu'il n'y a pas de quoi en faire une épidémie.

– Elle est bonne, celle-là, dit-il vexé.

– Ce n'est qu'un vaccin, après tout.

– Ouais, et ce n'est que le Sida, termina-t-il. Un truc moins grave que la varicelle.

Elle lui sourit d'un air compréhensif, déverrouilla la porte et l'ouvrit.

Plusieurs femmes en blouse blanche se tenaient immobiles face aux cabines, leurs yeux parfaitement inexpressifs fixés sur eux. Linda et Billy purent rapidement surmonter le choc, et quittèrent tout aussi rapidement les toilettes. Dès qu'ils furent sortis, les femmes s'esclaffèrent.

– Elles s'envoient leurs maris dans les toilettes publiques, maintenant, dit l'une d'elles.

– Et le meilleur, c'est qu'après ils y restent pour en causer! fit une autre.

– Ecoute-les, siffla Linda. Tu es content, j'espère? Elles ont entendu tout ce qu'on a dit. Et tout ce qu'on a fait aussi, peut-être.

– Ecoute, je... commença-t-il.

– Tais-toi, et filons d'ici en vitesse.

Elle lui prit la main et l'entraîna dans un autre couloir, où ils coururent jusqu'à l'ascenseur. Elle appuya sur le bouton d'appel et ils attendirent. Elle s'avança doucement vers lui, belle comme le soleil levant, le vrillant de ses yeux de braise.

– Ne recommence plus jamais ça, lui dit-elle d'une voix ferme. Tu sais aussi bien que moi que je suis assise en ce moment sur un siège infesté de fourmis rouges, et qui ne demande qu'à s'éjecter.

– J'avais oublié, plaisanta-t-il, l'air penaud.

Elle ricana légèrement.

– Je t'aime, Billy, mais j'aime aussi mon boulot, et je tiens à le garder. Sache que je ne me sacrifierai pas pour toi.

Il hocha la tête, signe qu'il avait compris. Elle sourit.

La porte s'ouvrit et elle le poussa tendrement dans l'ascenseur.

– Allez, rentre vite à la maison maintenant – espèce de doux-dingue, dit-elle. Je reviens dans (elle consulta sa montre), disons dans deux heures. D'ici là, tâche de ne pas griller ce qu'il te reste de plombs.

– Oui, docteur, dit-il.

– Je ne suis pas docteur, dit-elle, avec un petit air las.

– Ça viendra...

– Après ce qui vient de se passer, je n'y crois plus tellement.

– Tu oublies encore le vaccin.

– Ça n'y changera rien, fit-elle.

– Tu crois? dit-il.

La porte se referma sur lui.

Il était rentré depuis plus de deux heures, et elle ne se montrait toujours pas. Il se félicita de s'être résolu à confectionner lui-même le dîner, sans ça il serait devenu fou. Bien qu'il se fût rendu compte qu'elle avait raison et qu'il devrait être plus raisonnable, il avait de nouveau mortellement envie d'elle et faisait de gros efforts pour ne pas reprendre le chemin de l'hôpital. Il était à bout.

Son téléphone portable, qu'il avait posé sur la table du séjour, se mit à hurler et il se rua dessus.

– Allô, Pallister? tonna la voix du commissaire.

Désolé de s'être dérangé pour si peu, Billy répondit que oui.

– Je veux voir vos fesses posées sur mon bureau dans vingt minutes maxi, aboya l'autre. On a une affaire urgente, et c'est vous que je veux mettre dessus. Vous et personne d'autre!

Billy eut un soupir désespéré. Sa soirée était fichue.

– Mais c'est mon jour de congé, hasarda-t-il sans grand espoir.

Il dut aussitôt éloigner le combiné de ses oreilles, avec une grimace. Il ne l'y reporta que pour dire: « J'arrive », avant de couper brutalement et de sortir.

Après le passage obligé par le bureau du commissaire, Billy et lui se dirigèrent à pied – toute circulation en voiture étant devenue impossible – vers le domicile du docteur Florentin, celui-là même qui avait mis le vaccin au point. Billy se demandait, avec une excitation mêlée d'inquiétude ce qui avait pu se passer. Le commissaire s'obstinait au mutisme.

Une fois arrivés devant la porte de l'appartement, situé dans un immeuble cossu, le commissaire invita Billy à entrer le premier, et seul.

– Je vous rejoindrai quand je le jugerai bon, dit-il.

Un peu déconcerté, Billy ne répondit cependant rien et entra à la suite d'un autre flic, qui à sa vue, s'était écrié: « Tiens, mais c'est l'inspecteur Pallister! Alors, ça gaze? » et de la domestique des lieux, une Noire obèse, visiblement choquée, au visage humide de larmes, qui le conduisit à l'immense salle de séjour.

Deux autres flics, en civil, étaient déjà sur place. Billy fit la grimace. Ces trois-là étaient surtout des plaisantins. Dans un fauteuil était vautré un homme de taille moyenne, environ trente-cinq ans, la tête baissée, l'air accablé.

– Qu'est-ce qui s'est passé? interrogea-t-il.

L'un des flics se tourna vers l'autre:

– T'entends, Mike? fit-il. L'inspecteur Pallister veut savoir de quoi il retourne.

– Ouais, dit le nommé Mike, qui se tenait planté devant une autre porte. L'impression qu'il va falloir qu'on lui réponde, à l'inspecteur Pallister. T'en dis quoi, Ben?

– A votre place, répondit Ben en ricanant, j'obéirais. L'inspecteur Pallister y plaisante pas.

– Arrêtez vos conneries et videz vos sacs, nom de Dieu! glapit Billy furieux.

Les trois énergumènes mimèrent la frayeur. La grosse bonne traversa la pièce en pleurnichant et disparut par la porte devant laquelle Mike se tenait.

– Vas-y, Paulie, haleta Mike, dis-lui Paulie. Moi j'ai trop la pétoche.

– Oui, m'sieur l'inspecteur, dit Paulie avec une petite courbette. (Puis, adoptant volontairement un débit effréné, mimant la grosse panique:) Eh ben voilà... le toubib il a reçu il y a une demi-heure la visite d'un type qui a fait fortune dans la fabrication et la vente de capotes. Le type était furax et il a cherché des crosses au toubib et d'après ce que la négresse a dit, il les a trouvées, ça a dégénéré en bagarre et le fabricant de capotes il a sorti sa pétoire et il lui a tiré dessus.

Les deux autres éclatèrent de rire. Billy les détestait tous les trois. Ils ne faisaient rien d'autre que constater les dégâts et, au besoin, ramasser les morceaux, et ils le faisaient toujours en se marrant et en ricanant, affichant une indifférence sans bornes. Et dire que le commissaire les comptait parmi ses préférés!

– Ça a pas l'air de faire plaisir à tout le monde, la fin du Sida, hein, mon pote? fit Ben, s'adressant au forcené.

L'autre ne leva même pas la tête.

– C'était quoi, comme pétoire? demanda Billy.

– Un fusil à pompe, répondit Mike.

– Un fusil à pompe? répéta Billy éberlué.

– Et à canon scié, compléta Mike en exhibant l'arme.

Billy jeta un regard effaré sur le type, dans le fauteuil.

– Donc, le docteur est mort? fit Billy, imaginant déjà les gros titres en manchette de tous les journaux du monde entier.

– Non, il n'a rien, et c'est ça qui nous en bouche un coin, dit Paulie. Il a réussi à esquiver la décharge, dans un réflexe. Puis avant que l'autre ait pu armer son flingue pour tirer une deuxième fois, il s'est jeté sur lui, a réussi à lui arracher son joujou et l'a sonné avec.

– Sa femme aussi, a essayé d'esquiver, continua Ben.

Mais elle s'est quand même pris cinq pièces de chevrotine dans les nibards.

– J'ai idée que son toubib de mari la trouve moins bandante maintenant, ricana Mike.

– Quand il aura fini d'extraire les cailloux de ses doudounes, je te parie qu'il entamera dare-dare les procédures de divorce, ou qu'il engagera quelqu'un pour une séance de vérole supplémentaire, termina Paulie.

De nouveau, ils s'esclaffèrent. Une telle conduite écœurait Billy, qui néanmoins ne manqua pas de lui trouver un air un tantinet suspect. Il avait l'impression d'être l'invité de dernière minute à une pièce de théâtre, dans laquelle il n'avait strictement rien à faire.

– Si tu veux voir le toubib, dit Mike, il est derrière cette porte, en train de jouer les chercheurs de plomb. Te gêne pas, mon vieux, tu peux entrer.

Billy fit un signe de dénégation, cherchant à deviner ce qui se tramait. De toute évidence, l'affaire était claire depuis le début. Alors pourquoi l'avait-on fait venir ici?

C'est alors que la voix du commissaire retentit derrière lui:

– Alors, Pallister, qu'est-ce que vous en pensez? Avouez quand même que ce serait dommage, pour le sauveur de l'humanité, de se retrouver avec une moitié qui a des ballons crevés à la place des lolos, pas?

Les trois autres charlots partirent en rires tonitruants.

L'air abasourdi, Billy fixa le commissaire, qui lui souriait d'un air narquois.

– Commissaire, mais qu'est-ce que ça veut dire, tout ça? C'est quoi, cette histoire?

Le sourire du commissaire s'élargit, et alors, dans la tête de Billy, tout se mit en place en un éclair.

De nouveau, il fit ce que le commissaire attendait de lui: il reporta les yeux sur le fabricant de capotes, qui avait toujours la tête basse. Le commissaire l'avait fait venir ici, tout simplement pour lui faire comprendre qu'il lui faudra se compter lui-même parmi les quelques personnes en ce monde – notamment les fabricants de capotes, qui seraient bientôt obligés de changer de métier – à ne pas trouver totalement leur compte dans la découverte du vaccin. Il savait que le commissaire avait des vues plus que précises sur Linda depuis qu'il l'avait vue pour la première fois, une vision dont il lui était arrivé de dire qu'il ne se remettrait jamais. Le vaccin et la guérison prochaine de la jeune femme auraient pour effet de relancer une concurrence déloyale. Il faudrait donc à Billy de nouveau compter sur son supérieur pour essayer de la lui faucher par tous les moyens, surtout les plus irréguliers.

Et Billy se rendait également compte que désormais, il ne pourrait plus entièrement compter sur Linda, surtout depuis les claques appuyées qu'elle lui avait assénées quand il avait voulu la prendre dans les toilettes, et dont il commençait à sentir les effets sur ses joues.

Il était tellement furieux qu'il ne put rien trouver à dire; d'ailleurs, il n'y avait rien à dire du tout, pensa-t-il. Par contre, il eut droit à la dernière:

– Dis donc, Billy, c'est quoi ce truc qui dépasse de ta poche? (Billy se retourna: Ben avançait vers lui, l'index pointé vers la poche gauche de son veston.) Que je sois pendu si c'est pas un slip de femme... la tienne, je parie?

Et d'un coup, Ben s'en saisit; puis il le porta à sa figure et se mit à le humer avec délectation avant de le passer à la ronde.

Billy, qui avait complètement oublié le vêtement, ne chercha même pas à le récupérer. Il quitta l'appartement en quatrième vitesse, poursuivi par les rires moqueurs de ses collègues.

Le lendemain, Billy était dans la salle des inspecteurs. Le commissaire était présent. Il était l'aîné de Billy d'une bonne dizaine d'années. Il reprit la parole:

– On a reçu des plaintes au sujet d'une femme qui s'est laissée culbuter sur la voie publique, la veille au soir, annonça-t-il. Cette femme était séropositive, et au total, d'après le nombre de plaintes, elle a contaminé sept personnes. Six ont porté plainte, la septième est restée muette. Les six types – car bien sûr, il s'agit de mâles, pour ceux qui n'auraient pas compris – savent qu'ils vont être soignés, s'ils ne l'ont pas déjà été; ça ne les empêche pas de brailler au meurtre comme des veaux dans une tempête de grêle et de réclamer des dommages et intérêts saignants en plus de la tête de la fille. Nous avons son portrait-robot. Il va nous falloir lui mettre la main dessus le plus vite possible, avant que ça ne tourne au carnaval.

– Ce n'est pas dans notre secteur, lança quelqu'un.

– Le commissariat le plus proche de l'endroit où se sont produits les faits, vient d'être transféré, comme par hasard, expliqua le commissaire. Du coup, c'est sur nous que ça retombe. De plus, il est fort possible que la fille se soit planquée dans Manhattan, où il y a moins de chances qu'elle se fasse repérer, à cause des gratte-ciel. Votre premier rôle sera donc de ratisser les hôpitaux, les cliniques et les centres de dépistage de Manhattan et de Soho. Il n'y a aucune chance que vous fassiez chou blanc; c'est le genre de frimousse qu'on n'oublie pas facilement et dont la photo vous explose à la face.

Les photos furent distribuées, et des sifflements d'admiration se mirent à fuser l'un après l'autre, jusqu'à emplir la salle.

40

– Vos gueules! aboya le commissaire. Et au boulot!

Il cita les noms de six inspecteurs qu'il mit en priorité sur ce travail. Quinze secondes plus tard, les six hommes avaient quitté la pièce. Billy, qui était dans le lot, avait d'instinct deviné qu'il s'agissait là d'une manœuvre pour essayer de le détourner de sa femme, avec laquelle il s'était d'ailleurs disputé, avant son départ. Il ne se sentait pas dans son assiette, et avait quitté la pièce d'un pas lent et raide.

Cette affaire, ajoutée à ce qui lui arrivait, était pour lui des plus significatives: même mort (ou à peu près), le Sida pouvait encore faire des ravages.

Au-dehors, la fête battait toujours son plein, même si la foule était un peu plus clairsemée. Toute la ville – comme tant d'autres mégalopoles dans le monde – battait maintenant au rythme de cette affreuse musique *rave,* jouée à pleins tubes et accompagnée des beuglements des fêtards qui sautaient sur place tout en se retournant le cou.

Vu depuis le dixième étage de l'Empire State Building – ce qui semblait ridiculement bas pour un New-Yorkais – , on aurait dit toute une portée de puces en chaleur.

– Je savais que vous viendriez, dit-il.

Il fut fort surpris de s'entendre prononcer cette phrase, car il pensait exactement le contraire, encore quinze secondes plus tôt. Il était persuadé qu'elle ne viendrait jamais. Il savait qu'il aurait dû se méfier de cette fille et se maudissait de s'être laissé autant tenter et embobiner de la sorte. Mais surtout, il la maudissait, elle, son impeccable châssis et sa soif de sexualité effrénée. Il se rappelait la façon dont elle s'était laissée enfourcher en plein Broadway, et pensait que c'étaient des filles comme elle qui avaient en premier lieu causé la rapide propagation de la maladie. Des filles dont l'incroyable beauté aveuglait les hommes et faisait bouillir leurs sens.

Pourtant, malgré son ressentiment, il n'avait pas porté plainte contre elle, et avait fait semblant de ne pas la reconnaître quand un flic nommé William Pallister lui avait mis son portrait sous le nez. Il se demandait bien pourquoi.

Mais maintenant qu'il l'avait devant lui, souriante, aussi fraîche que de l'eau de source, toujours aussi séduisante malgré les vêtements un peu trop larges qu'elle avait mis exprès pour l'occasion, il sut d'emblée pourquoi il n'avait rien tenté contre elle. Et il s'empressa de réviser son jugement.

– Ah oui? fit-elle. Vraiment?

– Mais oui, dit-il.

Le sourire de la fille s'élargit.

– Vous allez bien?

– Ça va comme je peux.

– Je m'appelle Jane Crossfield, déclara-t-elle. Ne vous présentez pas, ce n'est pas la peine.

Elle ne tendit pas la main, alors il le fit à sa place. Elle ne la prit pas, mais la malice se fit dans son sourire:

– C'est mon carnet de santé que vous voulez? questionna-t-elle.

Ils éclatèrent de rire. Puis elle ouvrit son sac à main, en tira son carnet de santé, l'ouvrit à la page voulue et le lui tendit. Comme il refusait, elle insista, ajoutant qu'elle s'était fait vacciner dans l'après-midi, et qu'elle voulait qu'il en eut la preuve écrite.

– Votre confiance m'est précieuse, précisa-t-elle.

– Bon, si vous voulez, dit-il flatté. Mais pas maintenant... plus tard.

Il était assis sur son lit d'hôpital, et s'apprêtait à par-

partir quand Jane était entrée. Ebloui, il ne pouvait s'empêcher de la dévisager. Ils se regardèrent ainsi pendant une minute qui leur parut durer une éternité.

Elle fit reprendre à son carnet le chemin de son sac. Elle ne souriait plus.

– Ecoutez, monsieur Tommy Larson – c'est bien votre nom, n'est-ce pas? – je sais que vous n'avez pas porté plainte contre moi. Je tiens à vous en remercier... Mais quelle que soit la raison qui vous a poussé à ne pas le faire, n'agissez pas contre nature. Si vous voulez vous plaindre, faites-le. Je ne vous en empêcherai pas. Et je ne vous en voudrai pas.

– Allons, ne soyez pas ridicule, répliqua-t-il. Vous réclamez d'abord ma confiance, et la minute d'après vous parlez de porter plainte. Avouez que ça ne tient pas debout...

Elle baissa la tête et passa un bon moment à se frotter le front.

– Vous avez raison, finit-elle par concéder.

– Et ne me dites pas non plus que vous éprouvez de la pitié pour ces types qui sont prêts à ruiner votre vie pour quelque chose dont ils ne souffriront pas. Ils n'en valent pas la peine.

Elle laissa passer une bonne quinzaine de secondes supplémentaires, avant de reprendre:

– J'aime les hommes, fit-elle d'un air honteux, en secouant la tête. Je n'y peux rien. Je regrette tellement...

Soudain, Tommy l'attira tout contre lui.

– Taisez-vous donc, dit-il. Jusqu'à preuve du contraire, je suis guéri. Cette saleté n'a pas fait long feu dans mes veines. Alors pourquoi en faire toute une montagne? Le plus important, c'est que vous êtes recherchée...

– Je sais, déclara-t-elle. Moi, c'est à une partie de vous que je m'intéresse...

Elle chercha sa bouche et la trouva.

Un quart d'heure plus tard, il l'emmenait loin de la meute, loin du centre de Manhattan.

Sketch II

LES ANGES SONT TOMBÉS SUR LA TÊTE

1. L.A. Convivial

Los Angeles. La cité des Anges siphonnés et de tous les excès. A la fois attirante et repoussante, excitante et exaspérante, fascinante et détestable, paradisiaque et infernale; cette ville, capable de rendre fou à lier n'importe qui, est tout cela à la fois. Prenez dans votre taxi deux frères jumeaux frais comme au jour de leur naissance, larguez-en un à Watts, l'autre à Beverly Hills; en fin de journée, ils se présenteront dans des dispositions radicalement différentes et rédigeront des rapports que personne ne pourra qualifier d'identiques. Los Angeles est sans aucun doute l'une des villes au monde où les différences entre les classes sociales sont les plus nettes, et où les taux de criminalité par quartier sont les plus changeants.

Les habitants ont un point commun; devinez lequel? C'est bien simple: celui de vivre à Los Angeles. Par son étendue, sa diversité, son climat peu variable, son côté imprévisible – fréquentes secousses sismiques, danger permanent à chaque coin de rue –, cette ville leur pèse terriblement sur les épaules, leur donnant l'impression de vivre comme dans une prison aux dimensions infinies, dont ils ne peuvent s'évader que par la voie des airs; et il leur suffit du plus petit échec, qu'il soit d'ordre sentimental ou professionnel, pour qu'ils plongent aussi sec dans la névrose, voire le crime.

En ce jour de fête (qui en appelait d'autres), les Anges s'étaient en grande partie rassemblés le long de quelques-uns des plus célèbres méga-boulevards de la ville, Hollywood, Sunset, Wilshire, Olympic et surtout Pico, occupé sur toute sa longueur; ainsi que dans les quartiers correspondant aux classes moyennes, Glendale notamment. Les quartiers les plus huppés et les plus misérables s'étaient en grande partie vidés de leurs occupants. Plus qu'une fête, c'était un rassemblement général: stars et V.I.P. (particulièrement protégés et sollicités par la presse et les médias), cols blancs et bleus, salariés, étudiants, chômeurs, escrocs, délinquants, drogués, prostituées, travestis, homosexuels... ils étaient tous là, qui participaient à un bal mené à un rythme endiablé par les strip-teaseuses. On était en fin d'après-midi, et les rayons orangés du soleil déclinant faisaient ressembler la marée humaine qui s'étendait sur Pico, à une coulée de lave. Les têtes étaient couleur de braise et s'agitaient et clignotaient comme des bougies.

Q: Ici, Bernard Hershaw, en direct sur CBS, et à mes côtés, Jack Nicholson, *hi, Jack!* C'est fantastique, ce qui se passe, n'est-ce pas? Toute cette foule, cette joie, cette liesse?

R: C'est du jamais vu! Et j'espère que ça va se prolonger, au moins jusqu'à la fin de la semaine!

Q: A qui pensez-vous, en particulier? Y a-t-il une personne à laquelle vous pensez tout particulièrement, en cette journée exceptionnelle?

R: Difficile de parler au nom de quelqu'un, quand vous êtes autant submergé! (Il distribua trois poignées de main.) Mais je voudrais parler au nom de tous les chercheurs, qui se sont battus pendant des années... (Il signa un autographe.) ... et des années pour trouver un remède à cette terrible maladie! (Des cris s'élevèrent.) MERCI !! (Il leva les deux bras et salua la foule.)

Q: Mer... (Jack Nicholson s'éloignait déjà, entouré de ses sbires, et sous un véritable tonnerre de hurlements.) Je vais maintenant essayer de...

Le reste se perdit dans le raffut général.

– Pour vous, ça représente quoi, la fin du Sida?

L'homme, blond, au teint hâlé et muni d'un bloc-notes, avait un mal fou à garder son équilibre et à se faire entendre malgré sa voix forte.

– Pour moi, et j'en suis sûr pour nous tous, c'est la liberté, la plus belle de toutes, celle d'aimer sans crainte de le montrer!

– Quoi d'autre encore? Vous auriez une autre idée?

L'autre – une fille – se rapprocha, l'oreille tendue, signe qu'elle n'avait pas compris.

– Comment? Vous pouvez répéter?

– Quoi d'autre, selon vous?

La fille secoua la tête en signe d'incompréhension, se détourna et disparut. Le vacarme était total; s'y mêlaient musique *rave* branchée à fond la caisse, clameurs et glapissements, coups de klaxon, bruits de pétards, etc.

Il renonça, passa son chemin et aborda quelqu'un d'autre, un type au crâne presque entièrement rasé et au visage multi-peinturluré.

– Qu'est-ce que ça représente pour vous, cette découverte?

– Finie la sécurité! Finies les précautions!

– Vous précisez?

Le sondeur prenait note.

– C'est vrai, quoi! Franchement, y en avait marre!

– Je ne pige toujours pas!

– On va enfin pouvoir tous se faire mutuellement confiance, et pour moi, c'est ça, le plus important! La confiance et la loyauté, bien plus encore que la baise!

– Vous êtes marié?

– Non, mais je vais commencer à y penser sérieusement!

– Merci bien, bon conseil! Mais pour l'heure, s'agit de faire la fête, pas vrai?

Il s'apprêtait à passer son chemin, mais l'autre lui prit le bras par-derrière.

– Et vous, vous êtes marié?

– Je ne suis pas censé vous répondre! répondit le sondeur d'un ton amène.

– Ah! je vois. Vous êtes payé pour cuisiner les gens?

– Quelque chose dans ce goût-là, mais pas à ce point!

– Alors, vous êtes marié ou pas?

– Oui, mais en quoi ça vous regarde?

– Et vous, pourquoi qu'vous avez dit que c'était un bon conseil, si vous êtes déjà marié?

– Je parlais pour vous, répondit le sondeur. Ce n'est pas désagréable.

– Ah! ouais, d'accord...

– Faut que j'y aille, maintenant, j'ai un programme à respecter. Allez, salut!

Il put s'en débarrasser.

Q: Lillian Masterson, *live on* CNN International, en compagnie de Tom Cruise, venu pour la promotion de son nouveau film et aussi, je présume, pour profiter de ce fabuleux événement et participer à la fête!

R: Et comment! C'est extraordinaire!

Dans la foule, trois filles s'évanouirent, ce qui calma légèrement l'assistance.

Q: Tom, qu'avez-vous à dire aujourd'hui? Quelque chose qui vous vient du fond de votre cœur?

R: Je suis heureux, plus que jamais! Personnellement, je n'avais plus d'espoir qu'une telle chose puisse se produire... je... c'est fabuleux! Le seul mal, maintenant, que l'on peut souhaiter à l'humanité, c'est que cette saloperie soit éradiquée dans les prochains jours, et que ça va apprendre aux gens à mieux s'aimer et à vivre en paix!

Nouveau tonnerre de hurlements, nouvelle série de malaises.

Le sondeur passa sur l'autre trottoir et s'arrêta devant une vendeuse ambulante de sandwichs qui participait à sa façon, en se dandinant langoureusement derrière son petit comptoir.

– Bonjour!

– Salut, mon joli! Fais ton choix!

– C'est pour un sondage!

– Rien de plus? Tu es sûr?

– Ça représente quoi pour vous, la fin du Sida? En termes brefs, s'il vous plaît?

– Ça élargit le choix! Saucisses, jambon, fromage, pâté, salami, chocolat! On pourra maintenant faire l'amour à toutes les sauces! A toi, je veux bien faire un prix! Tu veux quoi? Ça te plairait, à la moutarde?

– Je voudrais simplement une réponse à ma question!

Elle eut un sourire enjôleur puis, tout à coup, s'empara d'une saucisse grillée et en suça puis croqua le bout d'une manière significative, avec au passage un clin d'œil malicieux et provocateur.

– Je vois que ça a dû contribuer à développer votre imagination!

– Pourquoi, on se connaît, mon grand?

– Madame, je...

– Mademoiselle !

– Très bien... mademoiselle, on ne se connaît pas et je travaille, tout comme vous! Répondez simplement à ma question: ça représente quoi, pour vous? Quel est votre sentiment?

– Ça se voit pas? Ça devrait pas être bien difficile à traduire sur papelard ou en images!

Il se gratta la tête d'un air perplexe.

– Bon, eh ben merci! finit-il par dire. Au revoir!

– Hé là! Minute! Tu vas pas partir comme ça, mon loup?

– Je bosse!

– Tu veux pas prendre quelques forces, avant? Hot-dog, avec ou sans fromage, jambon, saucisson, salami, avec ou sans beurre, chocolat, pâté, confiture, salade-frites, veau-frites...?

– J'ai de quoi me faire un dîner de roi chez moi! Merci quand même, et bonne soirée!

– Quand t'en auras fini avec ton business, reviens vite me voir, mon mignon! J'aurai une surprise pour toi! Une surprise gratinée!

Elle retroussa ses lèvres en un baiser dont le claquement parvint à dominer le tintamarre.

Il partit sans demander son reste.

Vingt-cinq mètres durement gagnés plus tard, il se fit happer par un groupe de jeunes personnes chauffées à blanc, qui l'entraînèrent dans une boîte de nuit qui avait ouvert ses portes trois heures avant l'horaire prévu.

L'atmosphère y était électrique et saturée de relents de parfums, de tabac, d'herbe à fumer, d'alcools, de sueur, et d'une assourdissante musique *techno* qui donnait mal au ventre.

Il regarda autour de lui. Le groupe, auquel il avait

réussi à se soustraire avec force contorsions, se fondait déjà dans la cohue trémoussante et tressautante.

Il se fit un devoir de le réintégrer, ce qu'il fit non sans difficultés.

– Salut, tout le monde! lança-t-il à la ronde.

– Salut!

– Hello!

– Salut, vous!

– *Hi, guy!*

– Salut!

– Ça gaze?

– Wouah, le beau mec! Hmmmm!

– Qu'est-ce qu'y veut, çui-là?

– C'est pour un sondage!

– Un sondage? Hmmmm!

– Encore? Hé, merde!

– On va passer à la télé?

– Où sont les caméras?

– Recommencez pas à rêver, les filles!

– Ben quoi? On est à Hollywood, oui ou non?

– Ça représente quoi, pour vous, la fin du Sida?

Ils répondirent tous en même temps:

– Waouououououououh!

– C'est super-génial!

– C'est trop bien!

– C'est chaud!

– C'est le pied!

– C'est bath!

– C'est *fun*!

– Quel est votre sentiment? Qu'est-ce que vous allez faire?

– A votre avis? Vous feriez quoi, vous?

– D'abord, faire la fête! Fumer, boire, danser et planer!

Ils rigolèrent.

– Et après, enfin prendre notre pied sans précaution! Sans latex!

– Ouais! Y en a marre, du latex! Ça serre trop, c'est pas humain!

– Et ça gâche tout! C'est plus de l'amour, c'est même plus du sexe!

– Z'êtes vaccinés? interrogea le sondeur, un peu surpris.

– Pas encore, mais vaudrait mieux !

– Ça va venir !

– Enfin, l'amour ne tuera plus personne! Vous vous rendez compte? Le Sida, c'était la haine! Il n'y aura plus de haine!

– Ouais, plus de procès!

– Plus de coups bas!

– Plus de règlements de comptes!

– Plus de mensonges!

– Et moins d'enterrements!

Ils s'esclaffèrent.

– La santé, quoi! Aimer et avoir la santé?

– S'aimer sans précaution et sans risque! C'est ça la vraie vie!

– Et pour vous, la vie, c'est quoi? Poser des questions et prendre des notes?

– Je fais juste mon boulot! (Ils étaient tous, eux aussi, contraints de brailler.) Je suis payé pour ça, mais ça veut pas dire que ça me regarde pas!

– C'est super, pas vrai?

– Et pas qu'un peu! D'autant plus qu'on ne l'attendait plus! Allez, faut que je vous quitte! Amusez-vous bien!

– Vous aussi! répondirent-ils presque à l'unisson.

Il prit congé.

Sur le chemin de la sortie, il fut arrêté par un balèze,

le videur de service, qui lui empoigna brusquement le bras.

– Minute, l'ami, dit-il. Z'êtes un habitué?

– Non.

– Z'êtes membre?

– Non.

– Z'avez payé l'entrée?

– Evidemment! Ça s'est pas vu?

– Vous vous payez ma tronche? Je vous ai pas vu.

– C'est pas ma faute si vous avez la rétine à l'envers!

Le visage du balèze se tordit de fureur; il l'empoigna brusquement par le devant de son chandail et le souleva du sol.

– O.K., O.K., je vais payer! Je vais payer! Vous excitez pas la bile. (L'autre le reposa brutalement.) J'ai déjà payé une fois, mais c'est pas grave, je peux remettre ça!

– Z'avez intérêt. Sinon vous sortirez pas d'ici en bonne santé. Pas facile de tenir debout dans c'troupeau, avec toutes les côtes en moins.

– Pendant que j'y suis, ça vous fait quoi, ce qui se passe? Vous en pensez quoi?

– J'm'en fous, à part que ça me fait plus de boulot pour la même paye. Maintenant, aboulez le pognon, et pas d'histoires.

– Bon, bon...

Il se retourna et se dirigea vers la caisse, faisant mine de sortir son portefeuille; puis tout à coup, il se baissa et plaça un démarrage qui laissa le mastodonte sur place.

Il se fondit dans la foule et, après s'être assuré qu'il n'était pas poursuivi, se retourna. A ce moment-là, une jeune fille lui sauta au cou et l'embrassa en pleine joue, puis le fixa un bref instant de ses immenses yeux étincelants avant de disparaître. Ce seul regard avait suffi à lui faire comprendre qu'elle était camée

jusqu'aux yeux, et qu'elle n'en avait pas honte. Loin de
là!

Il songea alors que ce serait intéressant d'avoir son
avis; il se lança à sa poursuite dans la foule et la rattrapa
assez rapidement.

– Salut, louloute! dit-il.

La fille le reconnut aussitôt et sourit. Ses yeux
globuleux lançaient toujours autant d'éclairs.

– Salut, toi! T'as aimé?

– Et comment! J'ai adoré! Dites-moi, la fin du Sida,
ça représente quoi, pour vous?

– Ça représente plein de bonnes choses!

– Par exemple?

Il s'apprêtait à prendre note.

– T'es pas con, non? Alors devine!

Là-dessus, elle se perdit de nouveau dans la cohue.

Il poussa un juron et passa sur le trottoir désiré,
songeant que cela suffisait pour aujourd'hui. Il avait
interrogé près de quatre-vingts personnes depuis dix
heures du matin.

Il s'installa dans un petit renfoncement et examina
ses notes.

Le mot qui revenait le plus souvent aux lèvres des
gens était celui de *liberté*. Ensuite, venaient *santé,
confiance, soulagement, amour, délivrance*. Bizarrement le mot *vie* n'avait pas été prononcé aussi souvent
qu'il ne l'avait pensé au départ.

Il ne se sentait pas totalement satisfait, et pensa qu'il
était grand temps d'interroger un expert en ce domaine,
celui du sexe; quelqu'un qui vivait de cette industrie qui
était parmi celles qui caractérisaient la ville de Los
Angeles.

2. Dumb F(r)iction [2]

Arrivé devant le commissariat, il monta les quelques marches et arriva sur le perron. Un policier en uniforme l'aborda et avisa son bloc-notes.

– Vous êtes journaliste?

– Non, m'sieu. Je fais des sondages.

– On veut pas de journalistes ici.

– Je suis pas journaliste, m'sieu, répéta le sondeur. C'est vrai, je pose des questions, mais j'suis pas journaliste. Parole.

– Vous voulez poser des questions à qui?

– Ben, à un max de gens. A vous, par exemple. La découverte de ce vaccin, ça a changé quoi, pour vous?

L'autre le regarda avec des yeux ronds d'ahurissement puis, sans répondre, se détourna et s'en alla en secouant la tête.

Le sondeur haussa les épaules d'un air résigné, et pénétra à l'intérieur. L'ambiance était plus tendue qu'à l'habitude; les policiers, comme ils l'avaient d'ailleurs tous prévu, avaient fort à faire. Ils en voyaient de dures, de très dures même, et étaient d'autant plus exaspérés que les gens autour d'eux semblaient tous s'en moquer éperdument. Les arrestations se multipliaient. En tête des délits constatés depuis vingt-quatre heures, venaient le racolage, le vol à la tire, les agressions sexuelles et... les crimes passionnels. La police de la ville avait déjà dû déplorer huit morts dans ce dernier domaine, depuis la veille, 16 heures environ heure locale, et ce chiffre était probablement provisoire. L'une des conséquences de ce vaccin avait en effet été d'amener la consolidation d'un bon nombre de liaisons extra-conjugales amorcées dans le passé. Seulement, dans plusieurs cas, le soupçon

2. F(r)iction con.

et la jalousie, en temps normal déjà très palpables chez l'être délaissé, s'en retrouvaient plus que jamais cristallisés, pour ensuite faire voler en éclats les dernières barrières de résistance nerveuse devant le fait établi. Et inévitablement, cela se terminait dans la violence et l'hémoglobine.

On avait déjà signalé une recrudescence des cambriolages; bon nombre de résidences et d'appartements, laissés vides par leurs occupants sortis faire la fête, avaient fait l'objet de visites spéciales et aux dernières nouvelles, cela continuait. Les établissements les plus luxueux n'étaient pas épargnés non plus; une petite poignée de malfrats poussaient l'audace jusqu'à s'en prendre aux bijouteries et joailleries situées sur les prestigieux boulevards que comptait la ville. Bien leur en prenait, car ils n'avaient plus à se soucier du système d'alarme: les flics n'avaient en effet aucune chance d'arriver rapidement sur les lieux, du fait de la trop forte affluence sur les voies.

Tout cela – surplus de travail, sentiment latent d'impuissance, incompréhension générale – avait donc contribué à mettre les flics d'une humeur de dogue.

L'arrivée du sondeur jeta un petit froid sans pour autant faire monter la tension.

Il se dirigea vers le comptoir d'accueil. Un homme et une femme revêtus de l'uniforme reportèrent leurs yeux sur lui.

– Je suppose que vous parliez de cette fameuse découverte ? leur demanda-t-il aimablement.

– Quelle découverte? demanda l'homme.

– Ce fameux vaccin, dit la femme.

– Oui.

– Non, on parlait d'autre chose.

– Ça devait avoir un rapport, non?

– Non, pas vraiment.

– De quoi d'autre pourrait-on bien parler, par les temps qui courent?

– Vous voulez quoi?

– Je fais un sondage.

– On est obligés de répondre?

– Non, bien sûr, mais...

– Alors allez voir ailleurs. Tenez, voyez à côté...

Ils l'oublièrent et reprirent leur conversation où ils l'avaient laissée.

Le sondeur se déplaça de bonne grâce vers la droite.

– J'ai entendu. N'y pensez pas.

– Bon, merci quand même. A plus.

Un autre policier, en civil celui-là, vint se caler à côté de lui.

– Il vous embête? demanda-t-il.

– Non, il s'attend à ce qu'on lui cause de ce qui se passe, le Sida, le vaccin, les capotes et tout le reste. Rien de méchant, mais on n'est pas là pour ça.

– Je fais un sondage, m'sieu. Je pose toujours la même question, je ne cuisine personne.

– C'est bon, c'est bon, dit le flic. Sortez. Ne venez pas empoisonner l'atmosphère.

– Dites, le type qui aurait commandité le braquage du labo, il a été amené ici, pas?

Au même moment, deux prostituées glapissantes firent leur entrée, solidement encadrées par trois policiers en uniforme.

– C'est un producteur de films olé-olé, répondit le flic, et ce qu'il vous dirait ne serait pas publiable. Maintenant, bougez!

– Au contraire, ce qui se passe le concerne directement. Ce serait intéressant d'avoir son avis sur la question... en tout cas, moi, ça m'intéresse.

– Montrez-moi vos papiers.

Surpris, le sondeur s'exécuta néanmoins.

– C'est une carte de presse que vous cherchez? J'en ai pas.

L'autre continua son examen sans lever les yeux, sans répondre; puis il rendit le portefeuille.

– Hé, Nestor! appela-t-il. (Un grand type s'amena.) Tiens, emmène ce loustic à l'interrogatoire du produc. (Puis au sondeur:) C'est bon, vous pouvez y aller. Mais gardez bouche cousue, vu? Ne dites pas un mot, sauf, bien sûr, si on vous en donne le droit. Sinon, Nestor se fera un plaisir de vous jeter dehors avec son pied quelque part.

– Pourquoi vous me parlez comme ça? se plaignit le sondeur. Je vous ai rien fait.

– Vous êtes pas le bienvenu ici. Tenez-vous bien peinard et tout se passera comme vous voulez. Sans ça, c'est à notre manière qu'on vous flanquera à la porte. J'espère que c'est bien rentré dans votre petite tête.

*

La vedette de la journée était un personnage appréhendé ce jour même en plein tournage d'un de ces films qui volent tellement bas qu'ils finissent par faire du rase-mottes. Le cigare pourri qu'il avait à la bouche était le même que celui qu'il fumait au moment de son arrestation; seule différence, les flics l'avaient éteint. C'était un homme imposant, imbu de sa personne, vêtu, coiffé et chaussé à la manière d'un caïd du crime.

Il était vautré sur la même chaise depuis plusieurs heures; ses vêtements ne semblaient pas en avoir trop souffert, mais sa gorge asséchée par la soif avait depuis un moment déjà, commencé à le faire grimacer un peu. Il s'était à maintes reprises, déjà vu refuser l'autorisation de se soulager le gosier, à moins qu'il n'accepte de signer des aveux précis. En face de lui se tenaient trois policiers; deux d'entre eux étaient assis de l'autre côté de la table, le troisième se tenait debout, adossé au mur. Inutile de préciser qu'eux ne se privaient pas de café, qu'ils sirotaient à petites gorgées, tranquillement et suavement; cependant, au lieu de prendre le chemin de la corbeille, les gobelets vides finissaient sur la table.

Mais il fallait beaucoup plus que cela pour influencer l'invité d'honneur, sinon l'envie d'un cigare qui était encore loin d'être impérieuse.

Le sondeur fut introduit par Nestor pendant une phase de silence. Il fut accueilli par une odeur tenace de tabac moisi. Même éteint, le cigare du produc avait réussi à embaumer toute la pièce, et les flics se gardaient bien de le lui enlever, ne tenant pas à voir leurs doigts imprégnés de l'odeur, bien que leurs nez s'en fussent accommodés. Aucun d'entre eux ne fumait.

– Je vais vous chercher une chaise, si vous le désirez, dit Nestor au sondeur.

– Si ça ne vous dérange pas, répondit celui-ci.

– Qui c'est, ce type-là? lança un des trois flics d'une voix irritée, celui qui se tenait debout.

– Il fait un sondage sur le vaccin et ses répercussions, et il voudrait bien avoir son avis, à lui, répondit Nestor en désignant le produc du doigt.

– C'est tout? fit l'un des deux flics assis.

– C'est tout.

– Et on nous dérange pour cette broutille?

C'est à ce moment-là que le sondeur comprit que sa venue s'annonçait comme une sorte d'intermède à un interrogatoire des plus poussés, prévu pour durer. Il en ressentit un petit choc.

– Ça ne prendra que quelques instants, s'empressa-t-il de dire.

– A votre service, lança le produc avec un sourire.

(Nestor sortit.) Approchez donc. Si quelqu'un doit se sentir enfermé, ici, c'est moi, certainement pas vous.

– La ferme, fit le second flic assis, qui était bâti comme un boxeur. (A l'adresse du sondeur:) C'est bon, vous pouvez rester un peu. Peut-être que vous pourrez nous aider à lui tirer les vers du nez, à cet enfant de cochon.

Le produc ne démordait pas de son sourire un tantinet forcé.

– Eh bien voilà... tôt ou tard, ça devait arriver, déclara Dinkins. Ça fait depuis maintenant assez longtemps que ces messieurs se figurent que je fais dans le proxénétisme.

– Un peu, que vous trempez dedans! coupa sèchement le premier flic assis. Et jusqu'aux yeux!

– C'est le maquereau fait homme, fit le flic debout.

L'autre fit comme s'ils n'avaient rien dit et poursuivit:

– Comme on soupçonnerait n'importe quel producteur de cinéma courant, ici, à Hollywood, de faire dans le trafic de drogue ou la contrebande d'alcool. Il y a un flic des Mœurs qui a juré d'avoir ma peau depuis que sa fille unique a fait ses débuts dans un de mes films. Il attend depuis des années une occasion de me faire passer à la trappe. Et il a fini par faire ce que les gens font en général, quand ils croient dur comme fer à quelque chose sans pouvoir le prouver: ils s'arrangent pour fabriquer n'importe quelle saloperie derrière. Il essaie donc de me faire porter le chapeau de cette histoire, et c'est toute la flicaille de la ville qui semble s'être passée le mot pour me le visser sur la tête. Lamentable, non? A croire que Jésus est déjà descendu sur terre et qu'Il a choisi les flics pour répandre Sa bonne parole.

– Tu vas me faire le plaisir de fermer ton sale claque-merde, t'entends, salope? rugit le second flic assis.

– Je peux poser ma petite question avant? demanda le sondeur.

Les trois flics le regardèrent sans aménité. L'autre rigola dans sa barbe.

– Il me plaît bien, ce type-là, dit-il en examinant le sondeur. Comment vous appelez-vous? lui demanda-t-il.

– Dalton, répondit le sondeur. Leroy Dalton.

– C'est un nom de star, ça! s'écria le produc. Dites, ça vous dirait de jouer dans un film? En plus du nom, vous m'avez l'air d'avoir ce qu'il faut, là où il faut...

Le sondeur baissa la tête, rougissant jusqu'à la racine des cheveux; à ce moment, Nestor revint avec la chaise, les yeux rivés sur le flic debout, qui de la tête fit un geste de dénégation.

– Mettez-la dans un coin de la pièce, dit-il.

Nestor obéit et Dalton, toujours rougissant, alla s'asseoir.

– C'est la star qui va au petit coin, ricana le premier flic assis.

– Alors? fit le second. La petite question, c'est pour aujourd'hui ou pour demain?

Dalton reporta ses yeux rétrécis sur le produc, qui souriait toujours.

– Monsieur... monsieur? bafouilla-t-il.

– Appelez-le Dugommeux, dit le flic debout.

– Dinkins, répondit le produc. Joseph Dinkins.

– Vous qui êtes dans l'industrie du sexe filmé, vous avez sûrement une idée précise sur ce qui se passe. J'aimerais la connaître.

– Les affaires reprennent, ricana le second flic assis.

– Nestor! Champagne! s'exclama le flic debout.

Les quatre policiers s'esclaffèrent.

– C'est fou le mal qu'ils peuvent se donner pour se trouver drôles, pas vrai, Dalton? dit Dinkins, l'air désolé.

– Arrêtez de faire le malin! éclata soudain le premier flic assis. Contentez-vous de répondre aux questions qu'on vous pose, c'est pour ça que vous êtes là!

– D'accord, d'accord! fit Dinkins en gémissant presque. (Se tournant vers Dalton:) Que voulez-vous que je pense d'une telle chose? C'est magnifique, évidemment. Je ne nie pas que ça va donner un coup d'accélérateur à mon business...

– Un gros coup de fouet, interrompit le flic debout.

– ... mais on aurait tort de se focaliser là-dessus, comme vous vous obstinez à le faire. C'est d'abord le symbole d'une liberté essentielle que tout le monde croyait perdue à jamais.

– Qu'est-ce que cette découverte va provoquer, à votre avis? demanda Dalton. Dans les semaines, les mois à venir?

Un instant de cogitation plus tard, Dinkins répondit:

– Je dirais que les gens vont commencer par copuler comme des fous, sans tabous, sans contrôle.

– Voilà une réponse typique d'un magnat du cul, ricana le second flic assis.

– C'est une réaction qui constituera un reflet de cette liberté soudainement retrouvée, poursuivit Dinkins. Ça va provoquer un véritable boom des naissances, partout dans le monde, à mon avis. A cette occasion, la population d'Europe occidentale, par exemple, va prendre un sérieux coup de jeune.

– C'est la première fois qu'on me parle de ça, constata Dalton, tout en pensant : « La vie. »

– Vous oubliez que vous avez affaire à un spécialiste, dit le flic debout.

– Et ce n'est pas seulement le taux de natalité, c'est

64

aussi celui de précocité des gens qui va grimper en flèche, reprit Dinkins. Ce vaccin va contribuer – je pense – à développer leur sens de la famille, et aussi cristalliser leur besoin de sécurité. Ils auront à cœur de vouloir se fixer le plus vite possible, garantir leur avenir dans un monde imprévisible et dangereux tout en prévenant une nouvelle épidémie. Ce n'est pas votre sentiment, Dalton?

– Ne posez pas de questions, grogna le premier flic assis.

– Qu'est-ce que vous en pensez?

Dalton avait du mal à trouver ses mots, mais de toute manière il n'aurait pas eu le temps de les prononcer.

– J'ai dit, pas de questions!

– Mais ce n'est pas un flic, répliqua Dinkins.

– La question n'est pas là, dit le second flic assis. Ça vous suffira, Dalton?

– Mais je n'ai pas encore fini, protesta Dinkins.

– Ça vous suffira, Dalton?

– Heu... ben... disons, pas tout à fait, bredouilla Dalton.

– Vous voulez savoir ce qui m'a vraiment amené ici, Dalton? lui demanda Dinkins. Ça pourrait vous intéresser. (Comme Dalton tardait quelque peu à répondre, Dinkins s'empressa de reprendre:) Figurez-vous que j'étais en plein tournage. Tout se passait le plus normalement du monde... et puis, plaf! la nouvelle nous est tombée dessus. Vous savez comment les comédiens ont réagi? En deux temps trois mouvements, ils se sont arrêtés de travailler. Comme ça! Rendez-vous compte!

– Vous voulez dire qu'ils se sont mis en grève?

– Exactement.

– Tous?

– Sans exception.

Dalton n'en revenait pas.

– Et ça continue? demanda-t-il.

– Evidemment, c'est moi leur producteur, celui qui fournit la galette, ils ne peuvent pas travailler sans. Ils ne voulaient plus se servir de préservatifs. Ils en ont décidé ainsi, sans même y avoir réfléchi trois minutes, et à l'heure qu'il est, ils ne doivent toujours pas en démordre. Bien entendu, j'ai essayé de les raisonner, et de les pousser à continuer avec préservatifs, mais autant cracher dans le Pacifique. Une des filles a prétendu, non sans raison je l'avoue, que le film serait vite dépassé, que personne ne voudrait acheter le DVD et le Blu-Ray, et tous les autres acteurs ont marché. Ce n'était évidemment pas la véritable raison, mais inutile d'en parler. Toujours est-il que depuis, le tournage est au point mort. Le temps, c'est de l'argent, et pour moi, c'est une perte sèche d'un côté comme de l'autre, surtout depuis que ces messieurs ont jugé bon de m'amener ici...

– Et histoire de ne pas crever le plafond de votre budget, vous avez engagé des ringards pour enfoncer le labo, compléta le flic debout avec mépris.

Dinkins eut l'air de ne pas entendre. Il reprit:

– Ce préavis de grève ne sera pas tombé dans l'oreille d'un sourd...

– Le flic des Mœurs, dit Dalton.

– Ah, tiens! fit Dinkins, feignant l'étonnement, enfin quelqu'un, dans cette pièce, qui sait faire fonctionner ses méninges et qui n'a pas la mémoire courte... Evidemment, ce n'est pas un flic...

– Sacré bon Dieu! s'écria le premier flic assis, l'air exaspéré.

– Je vous ai expliqué dix fois que ce type me piste depuis longtemps. Ça ne m'étonnerait pas qu'il ait secrètement, par je ne sais quel moyen, assisté au tournage, et qu'il ait donc entendu les exigences des

66

comédiens. Et voilà, comme par hasard, le lendemain, c'est-à-dire aujourd'hui, ce foutu labo se laissait braquer, et l'énergumène n'a pas dû tarder à additionner deux et deux et à me mettre ça sur le dos; d'où ma présence ici. Je ne suis peut-être pas très malin, mais demandez-moi seulement pourquoi un type comme moi, qui plus est sans arrêt poursuivi par un abruti de bourre, irait pousser l'idiotie jusqu'à aller se compromettre dans un pareil micmac?

— L'idiotie n'a rien à voir là-dedans, riposta le second flic assis.

— Bon, alors disons qu'il m'arrive encore de penser à mon avenir, fit Dinkins.

— Et vous y pensez tellement que vous en chouchoutez votre portefeuille, renchérit le flic debout. (Dinkins réprima un sursaut. Le flic debout se décolla de son mur, et s'avança entre les deux chaises.) Pourquoi n'avouez-vous pas? C'est clair comme de l'eau de roche. Vous teniez à voir vos comédiens se remettre au boulot le plus vite possible, histoire de sauvegarder votre mise. Alors vous avez agi en conséquence. Vous avez engagé des délinquants pour braquer ce laboratoire et rafler quelques spécimens de vaccin en flacons; pas tous, bien sûr, juste assez pour votre groupe. Mais avant même que ce produit ait pu être administré aux membres de votre équipe soi-disant « artistique », ce flic vous a mis la main au collet.

— Et il s'est gouré, répliqua Dinkins.

— Pourquoi vous vous obstinez à nier?

— Bon, alors supposons que votre histoire de dingues soit vraie, fit Dinkins. Vous n'avez aucune preuve. Jusqu'à preuve du contraire, aucun flacon n'a été trouvé sur les lieux...

— Et le type qui s'est enfui avant qu'on ait pu l'agrafer, qu'est-ce que vous en faites?

– Je vous répète que je ne connaissais pas cet homme, grommela Dinkins, qui commençait à se sentir fatigué. (Il se tourna vers Dalton:) C'est quelqu'un qui se trouvait là, lui expliqua-t-il, et que ces messieurs doivent prendre pour l'infirmier de service. Tout ça parce qu'il savait flairer l'odeur du flic à vingt mètres.

– Cessez donc de discourir, ce n'est que du temps supplémentaire de perdu, dit le premier flic assis.

– Et ne transpirez pas tant, dit le flic debout. Dix-huit mois, ça passe vite, en prison...

– Vous l'avez fait, ou non? demanda Dalton.

– Mais non, enfin! répondit farouchement Dinkins. C'est vrai que j'avais une raison de le faire, mais je n'y suis absolument pour rien. (Il soupira.) Mais à quoi ça sert de parler comme ça? dit-il sans s'adresser à personne en particulier. Les flics ne comprennent pas ce genre de langage. La vérité, la *vraie,* ils s'en tamponnent. Ce qui les branche, vous le savez sûrement, c'est qu'on leur serve des aveux complets sur un plateau. Vous vous débattez, vous clamez votre innocence, vous ne leur dites pas ce qu'ils veulent entendre, et vous passez pour le roi des menteurs et des fumistes. Et là, la dérouille peut commencer. Ça a toujours été comme ça, et c'est bien parti pour le rester.

Les policiers s'échauffèrent pour de bon; le premier flic assis se leva brusquement, le visage crispé de fureur, et frappa du poing sur la table. Tous les gobelets en sursautèrent.

– Bon, fit-il, ça suffit comme ça! Oui ou non, vous allez nous les servir, ces aveux?

Dinkins se laissa aller en arrière contre le dossier de son siège, l'air faussement consterné.

– Ces aveux? fit-il. Mais quels aveux?

Et il éclata de rire.

Le second flic assis bondit de son siège, la main

levée prête à frapper; mais le flic debout intervint et lui retint le bras de justesse.

— T'es pas dingue, non? dit-il, l'air fort mécontent.

— Tu te mets à table, oui ou merde? vociféra le second flic.

— Je la saute pas encore, fit Dinkins. Mais par contre, je ne cracherais pas sur un café, même s'il est dégueulasse...

— Tu l'entends? C'est justement ce qu'il veut que tu fasses, dit le premier flic. Il n'attend que ça, le salopard.

— Et devant témoin, en plus, ajouta amèrement le troisième. Ç'aurait été la fin de tout.

— Vous auriez été obligés de le passer aux électro-chocs, termina sardoniquement Dinkins.

Dalton se leva. Nestor se trouvait toujours à proximité de la porte.

— Tu vas parler? brailla le second flic, rouge de colère.

— Mais bon Dieu de bon Dieu, se plaignit Dinkins, pourquoi faudrait-il que j'avoue quelque chose que je n'ai pas fait? C'est ça, la justice?

— Lâchez-moi que je lui fasse passer ses grands airs, à c't'enflé! Qu'il se mette à table ou qu'il mette une sourdine, mais qu'il arrête de se payer notre fiole!

— Rassieds-toi, et repose tes nerfs, dit le premier flic. On risque tous d'en avoir besoin.

Dalton sortit, Nestor à sa suite.

Peu après, se fit entendre un remue-ménage auquel se mêla bientôt le bruit d'une claque.

— La manière forte, messieurs? entendit Dalton dire.

— Qu'est-ce que t'attends pour porter plainte, fumier de proxo?

Il avait eu le renseignement qu'il voulait, et cela

suffisait. Il savait aussi que Dinkins ne dirait rien, et qu'il ne resterait pas longtemps aux mains des policiers.

Arrivé dehors, sur les marches du perron, il aperçut ce qu'il cherchait, à savoir une équipe de télévision; il la rejoignit, en interpella un des membres et lui désigna le commissariat du doigt.

La seconde d'après, il fut bousculé et embrassa sèchement le trottoir.

*

Ce soir-là, Dalton était chez lui, assis dans son confortable canapé, devant son poste de télévision qui, à ce moment, déversait des informations locales. Sa cheville droite, foulée et bandée, reposait sur plusieurs coussins posés en tas l'un sur l'autre, sur le sol. Un plat de spaghettis lourdement nappés de sauce bolognaise, reposait sur ses cuisses.

Lorsque le nom de Joseph Dinkins fut prononcé, Dalton cessa net de manger.

Bientôt apparut sur l'écran l'image de cette salle d'interrogatoire, dans laquelle il s'était trouvé, un peu plus d'une heure et demie plus tôt. Dinkins s'y trouvait toujours, assis sur le même siège, mais maintenant, il semblait suer comme un bœuf. Selon le présentateur, l'équipe de télévision avait réussi à passer malgré les injonctions des policiers.

Trois secondes plus tard, Dinkins se trouvait debout, face à la caméra, mais toujours dans la salle d'interrogatoire. Son visage avait la couleur d'une poire trop mûre; sa pommette gauche était enflée, son œil gauche poché, son arcade sourcilière droite légèrement ouverte et sa lèvre inférieure fendue. « Ils l'ont tabassé dans les grandes largeurs », pensa Dalton. Les flics, et il le savait, se montraient toujours très durs envers ceux qui faisaient le commerce du sexe et du vice – surtout quand ils n'en tiraient aucun bénéfice au passage. Les journalistes avaient arrangé Dinkins pour la circonstance, ce qui avait contribué à souligner à quel point il avait été malmené.

– *Vous savez ce que je vais faire, une fois rentré chez moi?* déclara Dinkins. *Je vais direct et pronto m'envoyer ma femme, et* avec *un préservatif!* (Son visage se fendit d'un sourire malicieux, et il se rapprocha de la caméra.) *C'est ce que vous feriez, à ma place, pas vrai, Dalton?*

3. Pour une poignée de fafiots

Dinkins rentra dans sa résidence de Bel Air en claquant la porte. Le bruit parvint à dominer celui, tonitruant, déversé par un gigantesque poste de télévision au format cinéma, et fit sursauter sa femme qui était assise devant, une pleine boîte de pop-corn posée sur ses cuisses.

– Baisse ça, tu veux bien? cria Dinkins en entrant dans la salle de séjour.

Elle s'exécuta sans y mettre beaucoup de volonté, les yeux fixés sur lui. Elle avait mis le volume à fond, le temps de déguster un de ces vidéoclips « sexy », sirupeux et racoleurs à souhait dont les chaînes musicales, notamment MTV, se sont fait une spécialité. Elle raffolait de ce genre de clips, ceux qui notamment montraient des jeunes chanteuses changées en chattes effeuilleuses, et qui faisaient leur numéro tout en miaulant et en se déhanchant furieusement, pour mieux simuler le coït. Qui étaient plus promptes à mettre leurs corps en valeur qu'autre chose. Comme si elles voulaient s'envoyer la planète toute entière. Une tendance abrutissante et vaine, de plus en plus nettement visible, qui envahissait tout et que l'on pouvait qualifier de *pop-porn.*

– Bonsoir, Jo chéri, dit-elle.

– 'soir, grogna-t-il.

Le front plissé, sans cesser de l'examiner, elle alla se placer de l'autre côté d'un somptueux canapé, et machinalement se mit à ramasser les morceaux de pop-corn tombés entre ses cuisses pour les porter à sa bouche. C'était jadis une maquilleuse-coiffeuse super sexy dont Dinkins s'était amouraché sur un plateau de tournage, vingt ans plus tôt. Une brune de taille moyenne qui, à quarante ans passés, parvenait à en casser encore pas mal, surtout habillée comme elle l'était en ce moment, d'une mini-jupe trop serrée et d'un léger chandail hyper-moulant, le tout étroitement fixé à la taille par une ceinture large.

Dinkins s'allongea lourdement, à demi, dans l'espace du canapé laissé libre par sa moitié, sans lui accorder un regard et sans ôter son manteau. Son visage tuméfié reflétait la douleur et la fatigue, et il ne semblait plus du tout d'humeur à plaisanter. Il commençait à ressentir les événements au commissariat comme une souillure personnelle.

– Ça va? demanda-t-elle, l'air préoccupé, après avoir vidé sa bouche.

– Très bien, comme tu vois, répondit-il.

Depuis son passage sur les écrans, sa pommette gauche avait pris un supplément de volume et de couleur.

– Enlève donc ton manteau... suggéra-t-elle.

Comme il ne bougeait pas, elle se leva, posa la boîte de pop-corn sur une table basse; là-dessus, elle saisit les jambes pendantes de son mari pour les faire reposer sur le canapé.

– Merci, dit-il.

Sans répondre, elle entreprit de lui enlever son manteau.

– Ils t'ont salement arrangé, constata-t-elle.

– C'est maintenant que tu t'en rends compte? fit-il, irrité.

– C'est encore plus visible au naturel, rétorqua-t-elle, en lui libérant le bras gauche. Et ce qui est encore plus visible, c'est que tu as renoncé à passer à l'acte annoncé, sitôt que tu rentrerais, ajouta-t-elle avec un léger sourire grivois.

– Je me demande ce qui m'a pris de dire une telle chose, devant tout le pays, dit-il, le regard dans le vague. Je devais être encore passablement sonné, après la dégelée que je venais de me prendre. Est-ce que tu as remarqué tous ces gens, devant la grille? (Sans laisser à sa femme le temps de dire oui, il reprit:) Ces détraqués m'ont posé tout un tas de questions idiotes, sur ce que j'allais faire ce soir, ou plutôt sur ce que je devrais être en train de faire en ce moment. Du style: « Avez-vous déjà des invités de marque? » « Quelle marque de préservatifs utilisez-vous? » « Quelles sont vos positions préférées? » Tas de cochons d'emmerdeurs! Ah, il ne se passe plus un jour sans que je souhaite n'avoir jamais trempé dans ce bizness dégradant...

Malgré son agitation, elle parvint à le débarrasser de son manteau, et il prit une profonde inspiration.

– Tu vas porter plainte, j'espère.

– Contre qui?

– Contre les policiers.

– Si c'était possible, je porterais plainte contre le monde entier, fit-il. Contre les flics et la manie qu'ils ont de coller la première saloperie venue sur le dos des gens qui ne leur reviennent pas. Contre ces foutus journaleux, qui m'ont pris le chou pendant tout le trajet de retour. Contre toi, aussi, qui savais qu'on m'avait arrêté et qui te doutais de ce qu'on était en train de me passer au commissariat, et qui n'as pas levé le plus petit doigt pour essayer de me tirer de là. Telle que je te connais, tu es sûrement restée pendant tout ce temps à te tourner les pouces, à te triturer l'entrejambes ou à bouffer du pop-corn devant cette stupide télé, et je suis prêt à parier que tu as passé un bon moment pendue à ce téléphone, à bredouiller et à jacasser je ne sais quoi avec une de ces stupides commères qui te servent de copines.

Elle prit un air pincé mais, sans se démonter et sans riposter, se mit à genoux et tira de dessous le canapé un gros objet rectangulaire qu'elle cala de son torse entre eux deux.

– Qu'est-ce que c'est que ça? fit-il.

– Tu le vois bien. C'est une trousse de secours, répondit-elle en l'ouvrant. La tienne. Celle que tu réserves pour tes acteurs, en cas de coup dur sur un tournage...

– Oui, je sais. Mieux vaut prévenir que guérir, pas vrai? dit-il. Ce fichu vaccin est la seule chose que je n'aurai pas prévue. Et voilà le résultat. Je me retrouve avec une grève sur les bras, et les flics sur le dos. La vie, c'est quelque chose!

Elle enleva le pansement de fortune sur l'arcade sourcilière de Dinkins, puis prit dans la trousse une éponge qu'elle badigeonna avant de l'appliquer sur son visage.

– Ecoute, chéri, dit-elle, ce n'est pas la première fois que tu t'accroches avec la police. Si j'avais su que c'était aussi sérieux, j'aurais appelé ton avocat sans hésiter une seconde. D'ordinaire, tu te sors toujours de ce genre de situation. Et puis, ils n'avaient aucune raison de t'arrêter...

– Si, au contraire, répliqua Dinkins, ils avaient une bonne raison de le faire. J'avais un motif. Ce que je ne comprends pas, c'est pourquoi ils m'ont tabassé et ont essayé de me soutirer des aveux sur ce simple motif. Ça me dépasse. Ils n'avaient aucune preuve, mais ils ont cru pouvoir s'en passer, simplement parce qu'ils portent l'insigne. C'est comme ça depuis des lustres. Je sais qu'il y a des tas d'innocents qui croupissent actuellement entre quatre murs, à cause de cette fichue mentalité. C'est révoltant.

– Tu as vu Finney? interrogea-t-elle. (Finney était le nom de l'avocat de Dinkins.)

– Non, mais il doit être là-bas à l'heure qu'il est. C'est le commissaire qui n'a pas fini d'en voir.

– Qu'est-ce que tu vas faire, maintenant? Car tu ne vas pas me faire croire que tu pensais sérieusement ce que tu as dit devant les caméras...

– Un peu, que je le pensais! Et je vais m'y mettre dès demain matin, peut-être même ce soir, si on m'en donne l'opportunité.

– Tu penses vraiment donner des rôles à des voleurs? fit-elle, l'air ahuri, sans cesser de lui nettoyer la figure. A ceux-là même qui t'ont mis dans le pétrin? Je n'arrive pas à croire que tu n'es pas en train de plaisanter!

– Et pourquoi tu n'y arriverais pas? Il y a des tas de gens qui font ça, par souci d'authenticité. Tu devrais le savoir.

– Mais le film que tu fais en ce moment...

– Je l'annule. Terminé, rideau. J'ai reçu il y a peu un projet bien plus intéressant, et je vais essayer de récupérer là-dessus tout le temps et l'argent que j'ai perdus. Je vais garder mon équipe technique, mais les acteurs, je les vire tous. Ce sont *eux* qui m'ont mis dans le pétrin, et je les ai assez vus.

Elle pouffa de rire, au moment d'appliquer une pommade anti-inflammatoire sur la pommette de son mari. La bouche de celui-ci s'étira en une grimace, qui s'effaça au fur et à mesure du massage.

– Je peux savoir quel est ce nouveau projet? demanda-t-elle.

– Tout ce que je peux te dire pour l'instant, répondit-il, c'est qu'il s'agira d'un « film dans le film porno ». Genre *Boogie Nights.* Un film normal, sans aucun plan obscène. Je laisse le reste aux bons soins de tes cancanières.

– S'il te plaît! s'écria-t-elle, piquée au vif, en retirant sa main. Tu n'es pas obligé de te montrer aussi mesquin...

– Je dis ça parce que je sais que tu vas faire circuler l'information dès que tu en auras l'occasion. Ce soir ou demain, en tout cas d'un moment à l'autre, il faudra que je retourne au commissariat. Je me suis arrangé pour qu'on me passe un coup de fil dès que les braqueurs se seront rendus.

– Car tu crois vraiment qu'ils se rendront?

– J'en suis sûr et certain.

– Tu n'as jamais pensé qu'ils pourraient se méfier?

– Ça, je n'en crois rien. J'ai bien tout spécifié dans ma déclaration. Ils viendront, et à moins qu'ils ne soient sourds ou complètement stupides, ils le feront avec ce qu'ils ont volé. Evidemment, ça ne leur évitera pas la prison, mais ils ne seront pas mécontents de jouer dans un film avant d'y aller, et surtout, ça permettra à leurs familles de sortir du trou. C'est là-dessus que je compte.

– Je comprends... fit-elle. C'est bien pensé.

– Ma foi oui.

– Et qui est censé t'appeler?

– Il y a mon directeur de production, qui est déjà sur place. C'est lui qui détient les contrats. Il y a aussi un policier. Crois-le ou non, mais je suis sûr qu'ils n'auront pas à attendre trop longtemps avant de voir les autres rappliquer. Et moi non plus.

A ce moment, le téléphone se mit à grelotter. Ils tressaillirent.

– Je prends, annonça-t-elle, en se redressant.

– Non! s'exclama-t-il. Laisse.

Il se releva avec difficulté, et tout excité se traîna jusqu'au téléphone, qu'il décrocha rapidement.

– Allô... Oui, bonsoir, Alan... Alors, quelles nouvelles?

Il appuya sur la touche du haut-parleur.

– *Vos oiseaux sont là, Joseph,* annonça la voix.

Dinkins adressa un clin d'œil à sa femme, qui lui sourit de toutes ses dents.

– A point et prêts à servir?

– *Ils sont arrivés comme des fleurs, comme vous l'aviez prévu. On n'a plus eu qu'à les cueillir.*

– Parfait! Parfait, fit Dinkins. Surtout, faites-leur vite signer les contrats, avant que ces empaffés de flics ne les bouclent!

– *C'est déjà fait, Joseph.*

– Magnifique! jubila Dinkins. J'arrive tout de suite!

Il raccrocha non sans mal, tellement il était exalté.

– Tu vois? dit-il. Ça ne traîne jamais, ce genre de choses. Les gens sont toujours prêts à n'importe quoi pour une poignée de fafiots. Bon, je me change et j'y vais...

– Attends! fit-elle. Ton arcade sourcilière s'est rouverte.

*

Devant le commissariat, il eut droit à un spectacle de choix. Plusieurs policiers en uniforme s'efforçaient d'expulser un fou furieux qui revenait toujours à la charge, tel un taureau décoré de banderilles qui ne connaît pas la fatigue. Sa voix haut perchée dénotait une rage teintée d'incrédulité, de scepticisme, comme s'il n'arrivait pas à croire au cours qu'avaient pris les événements.

L'affluence était encore assez forte, à ce moment-là, sur l'ensemble de Pico Boulevard; mais les gens étaient trop occupés à faire la fête pour s'étonner de ce qui se passait – hormis quelques personnes munies d'appareils photographiques, postées du côté droit du perron, et qui observaient la scène d'un œil mi-ahuri, mi-amusé.

Après avoir écrasé un de ses affreux cigares, Dinkins descendit de voiture et entendit crier son prénom à peine son pied posé sur la première marche du perron.

C'était Alan Myerson, le directeur de production, qui déjà descendait les quelques marches à sa rencontre. Mais dans le même temps, les photographes de presse s'étaient précipités autour de Dinkins et le canardaient déjà de leurs flashes.

– Ils sont à l'intérieur? fit Dinkins ébloui.

– Oui, dit Myerson. Et libres comme l'air... du moins pour l'instant. C'est ce que ce monsieur n'arrive pas à se mettre dans le crâne, ajouta-t-il, désignant l'excité de la tête.

– Qui c'est? demanda Dinkins.

Myerson ne se donna pas la peine de répondre. L'autre, qui les avait remarqués, venait de fondre sur eux tel un rapace sur sa proie, après s'être frayé un chemin parmi les photographes. C'était un type trapu, chichement habillé de vêtements légers et clairs, qui semblaient tout droit sortis de chez le teinturier. Pour l'heure, son visage rondouillet était congestionné et il roulait des yeux furibonds.

– C'est vous, Dinkins? postillonna-t-il. Le producteur?

– Oui.

– Ah! Je vous attendais...

– Vraiment?

– Vous devriez arrêter ça.

– Arrêter quoi?

– Vous savez très bien de quoi je parle! cria l'autre. Cette honteuse mascarade, que vous avez déclenchée. Ces types sont des voleurs, ils devraient être bouclés sous terre à l'heure qu'il est...

– Cessez de gesticuler comme un pou enragé, fit Dinkins, et dites-nous plutôt qui vous êtes.

– Vous vous en doutez fort bien, bafouilla le petit paquet de nerfs.

Comme il avait du mal à reprendre son souffle, Myerson répondit à sa place:

– C'est le directeur de ce laboratoire, dit-il. Thomas Roger Valbeck.

– Enchanté, dit Dinkins.

– Ne vous fichez pas de moi! éructa Valbeck. Je suis un honnête citoyen, moi, et je ne permettrai pas à un... (Il dévisagea Dinkins avec mépris) à un propagateur de débauche de se payer ma tête en public et devant des représentants de l'ordre et de la loi. Une loi que vous bafouez d'ailleurs honteusement... Des gangsters qui ont défoncé mon laboratoire, qui ont volé des produits d'une importance vitale, et qui... et qui...

– ... et qui vont faire du cinéma, compléta Myerson en étouffant un éclat de rire.

– Et après, ils iront en taule, termina Dinkins en haussant les épaules.

Quelques photographes pouffèrent.

Valbeck regarda les deux hommes tour à tour, abasourdi.

– Vous êtes complètement dingues! s'exclama-t-il. A enfermer! Tous les deux!

– S'il vous plaît, monsieur, dit Dinkins, calmez-vous et écoutez...

– Vous voulez que je vous écoute? Vous? Vous, un... un...

– Mais bon sang, fit Dinkins, haussant nettement le ton, vous n'êtes donc pas capable de vous mettre dans la tête que si j'ai choisi ces types, c'est pour une raison précise? Leur acte même a prouvé que sans pour autant être atteints par la maladie, ils y ont été confrontés de très, très près. Ça a suffi pour les désigner. Ils correspondaient aux rôles, mieux que n'importe qui, mieux que n'importe quelle star! Non seulement ils feront l'affaire, mais surtout leurs cachets n'occasionneront pas de gros trous dans le budget. Tout ça est rentré en ligne de compte. Vous ne comprenez donc rien? Cessez de ruer comme un bronco et réfléchissez un peu, bon Dieu!

Valbeck le regarda, soudain figé telle une statue. Il ouvrit la bouche pour la refermer aussitôt. Puis ses yeux se portèrent sur Myerson, et il se surprit à articuler:

– Il travaille toujours comme ça?

– Non, répondit Myerson, il lui arrive parfois d'employer des têtes connues, qui n'ont jamais trempé dans la cambriole. Si vous voulez en avoir la preuve, rendez-vous demain matin...

– Ça va, ça va, épargnez-moi vos idioties, vous, fit Valbeck d'un ton agacé. (Se tournant vers Dinkins:) Je ne sais pas s'il se trouve beaucoup de gens pour penser comme moi, mais sachez que je désapprouve vos méthodes au plus haut point. (Il prit une longue inspiration, avant de lever un doigt accusateur:) Ce sont des gens comme vous qui en poussent d'autres à vouloir se faire remarquer, par des actes tellement scandaleux que c'est une honte...

Ne tenant pas à en entendre davantage, Dinkins le repoussa avec un grognement excédé et monta les marches du perron, suivi de Myerson.

– Pourquoi ne m'avez-vous pas dit, au téléphone, que j'aurais affaire à cet énergumène? demanda Dinkins.

– Parce qu'il fallait que vous veniez, répondit Myerson tranquillement.

Dinkins grommela quelque chose d'inintelligible, au moment de faire son entrée dans le commissariat. Le commissaire, qui l'attendait au tournant, lui tomba dessus comme un serpent boa agonisant de faim.

– Ah, vous voilà, vous, dit-il. Vous allez enfin pouvoir me débarrasser de votre bon Dieu d'avocat.

– Ah, vous voilà, répondit Finney, l'avocat, du tac au tac. Vous allez enfin pouvoir déposer une plainte bien sentie contre ce type.

– Oh, non... gémit Dinkins en secouant la tête.

Le commissaire tourna brusquement la tête vers Finney et le foudroya du regard.

– 'spèce de... de... bredouilla-t-il, le visage contracté de rage, les poings serrés.

– Rassurez-vous, s'empressa de dire Myerson, monsieur Dinkins ne tient pas du tout à déposer quoi que ce soit. Ce serait abuser de la situation...

– Pour une situation, c'en est une, en effet! s'écria l'avocat, indigné. Mon client a été arrêté, accusé d'un délit absurde, insulté, roué de coups, et avec tout ça, il pousserait trop loin le bouchon en portant plainte. C'est une plaisanterie, ou quoi? Ecoutez, je suis un homme de loi. Les droits les plus élémentaires d'un honnête citoyen ont été bafoués de la plus honteuse des manières, et croyez-moi, je veillerai à ce que...

– Laissez tomber, Jerry, dit Dinkins d'un air las.

– Mais enfin, Joseph, ils sont allés jusqu'à vous refuser un coup de téléphone...

– C'est bon, Jerry, grimaça Dinkins. C'est bon! Ecoutez, reprit-il avec un soupir, je n'ai pas pensé à donner ce coup de fil, j'ai eu le tort de m'imaginer que tout se ferait tout seul. Allez, laissez-nous.

– Oh oui, s'il vous plaît, soupira le commissaire. Faites qu'il s'en aille. Ça fait depuis une heure que je le subis, votre homme de loi, et il me porte sur les nerfs...

Plusieurs policiers se tenaient debout dans le hall d'entrée du commissariat, l'air tendu. Ils encadraient cinq types – deux Noirs et trois Blancs dont deux étaient Latinos –, tous débraillés, mal coiffés et assez sales, qui suaient la misère et le délabrement. Dinkins, qui venait de les saisir dans son champ de vision, remarqua immédiatement qu'ils avaient tous un de leurs poignets entouré d'une menotte sans la chaîne, et il comprit que chacune de ces menottes était prévue pour leur être enlevée au moment du premier tour de manivelle.

Des voyous, racoleurs, cambrioleurs et autres délinquants appréhendés se tenaient immobiles le long des murs, debout ou assis sur des bancs aux pieds rouillés. Presque tous avaient la tête baissée, les yeux rivés sur le plancher, l'air morne.

– On reparlera de ça une autre fois, dit Dinkins, s'adressant à son avocat. Il y a plus urgent pour l'instant. Rentrez chez vous, et reposez-vous.

Loin de désarmer, Finney revint à la charge:

– Vous connaissez ces types?

– Non, évidemment que non, répondit Dinkins. (Il le regarda.) Bon sang, allez-vous-en!

– Très bien, fit l'avocat en serrant les dents de contentement.

– On se reverra demain après-midi, et on discutera de tout ça. Maintenant, mettez-les.

Satisfait, l'avocat sortit.

– Ouf, laissa tomber le commissaire. Dieu soit loué...

Dinkins ne sembla pas avoir entendu.

– Bonsoir, messieurs, fit-il, à l'adresse des cinq types.

– Bonsoir, répondirent-ils poliment.

– Vous connaissez cet homme? leur demanda un des policiers placés à proximité.

Ils firent non de la tête.

– Le nom de Joseph Dinkins vous dit quelque chose? enchaîna le commissaire.

– Non, répondit immédiatement l'un d'eux avec un hochement de tête négatif. (Les autres l'imitèrent.)

– Vous en êtes tous bien sûrs, hein? insista le commissaire. Vous n'avez jamais entendu personne prononcer son nom, ces derniers jours? Jamais entendu parler de lui?

– Bon, écoutez, commissaire, lança un des deux Noirs, on vous répète que non. On a besoin de personne pour nous dire ce qu'il faut faire. Un de nos potes était salement malade, il allait crever du Sida et tout le monde s'en foutait, même sa mère...

– C'est vrai, dit Myerson. Le type en question a été admis aujourd'hui à l'hôpital du coin, il récupère lentement.

– C'est nous qui l'avons emmené là-bas, précisa le Noir.

– Personne ne nous a jamais graissé la patte ou forcé la main pour faire du sale boulot, et c'est pas prêt de commencer, conclut l'autre Noir avec une conviction non dissimulée.

Les deux Noirs levèrent chacun un bras et se tapèrent vigoureusement dans les mains, avant d'en faire autant avec les trois autres. Cette scène arracha quelques sourires parmi les prisonniers.

Les trois flics qui avaient quelque peu bousculé Dinkins et qui, pour l'occasion, avaient jugé préférable de mettre l'uniforme, se détournèrent et s'éloignèrent discrètement, l'air de rien mais le cou en feu. Dinkins ne les remarqua pas, pas plus qu'il ne remarqua d'autres policiers qui faisaient entendre des petits bruits de gorge gênés ou se balançaient d'un pied sur l'autre, mal à l'aise.

– Et vous, vous les connaissez? interrogea le commissaire, faisant écho à l'avocat, mais sur un ton bien plus insistant.

Dinkins le regarda, avant de répondre tranquillement:

– Personnellement non, bien sûr, mais j'en connais déjà un bon bout sur eux, dit-il. Des types qui, pour sauver une vie, ont dû commettre un vol. Ça devrait leur donner droit à des circonstances plus qu'atté-nuantes.... hmmm?

Le commissaire lui jeta un regard venimeux et s'éloigna, raide de colère rentrée. Plusieurs flics en firent autant.

– Ils ont leurs contrats sur eux, fit Myerson.

– Bien, fit Dinkins. Suivez-moi, dit-il aux autres.

Ils sortirent et se retrouvèrent tous les sept sur le perron. Les photographes, qui stationnaient sur les marches, se tournèrent vers eux et refirent crépiter leurs flashes.

– Ils sont vraiment increvables, grommela Myerson.

Valbeck n'était plus là.

– Le tournage du film commence dans seize jours, reprit Dinkins. Commencez par lire très attentivement les conditions générales qui suivent le contrat. C'est à ces conditions qu'il faudra vous plier pendant le tournage. Au bas de la dernière feuille, vous verrez, il y a une adresse: rendez-vous à cette adresse dans trois jours, à dix heures tapantes. Je vous recommande d'être ponctuels. Nous vous parlerons en détail du projet et nous vous donnerons des copies du scénario. Les essais auront lieu quarante-huit heures après; d'ici là, tâchez de bien assimiler vos textes. C'est tout. Des questions?

– Vous dites que le tournage commence dans seize jours, c'est bien ça? s'enquit le Blanc au bout d'un moment.

– C'est cela même, répondit Dinkins.

– Ça veut dire qu'il faudra qu'on garde ces fichus bracelets sur nous, pendant tout ce temps-là? fit l'autre en brandissant son poignet droit.

– Allez donc dire ça aux flics, dit Myerson. Ils ont d'ailleurs été assez clairs là-dessus, il me semble: vous n'êtes pas libres comme l'air. Ils vous ont laissé ça exprès pour vous le rappeler. Alors à votre place, je n'essaierais pas de les enlever. Ils seront trop contents de faire un rapport, juste avant le début du tournage...

– Ouais, ça on le sait, grommela un des deux Noirs en secouant la tête.

– En tout cas, merci pour ce que vous faites, dit un des Latinos. Personne à votre place n'en aurait fait le dixième.

– On en sait quelque chose, approuva l'autre Latino avec un sourire entendu.

– De rien, dit Dinkins.

– C'est quel genre de film que vous tournez? interrogea le premier Latino.

– On vous dira tout dans trois jours, dit Dinkins. Allez, à bientôt, et ne faites pas de bêtises!

Leurs bras droits se croisèrent tous dans un festival de serrements de mains; puis ils se séparèrent tout en descendant les marches du perron, la bande des cinq d'un côté, Dinkins et Myerson de l'autre, se dirigeant vers leurs voitures respectives.

Ils n'avaient pas descendu cinq marches que les photographes se pressèrent de nouveau autour des deux hommes et, leurs objectifs pointés sur Dinkins, reprirent leur mitraillage aveuglant.

– C'est pas vrai... gémit Dinkins, un bras à hauteur du visage.

– Une chance que vous n'ayez aucun charme, plaisanta Myerson. Sinon les filles s'en seraient mêlées et ç'aurait été dix fois pire.

Dinkins ne trouva pas ça drôle du tout et tenta de le lui faire comprendre, mais au même moment, Myerson réussit à sortir du cercle des flashes et déboucha sur le trottoir, laissant Dinkins se débrouiller tout seul.

Comme il arrivait à son tour sur le trottoir, quelqu'un l'interpella:

– Monsieur Dinkins?

Exaspéré, Dinkins se tourna brusquement vers son interlocuteur, l'injure à la bouche; ce fut presque immédiatement qu'il... le reconnut, et son visage s'éclaira de surprise.

– Dalton! s'exclama-t-il. Mais qu'est-ce que vous faites là?

Le jeune blondinet, sondeur d'occasion – et chômeur de son état – se gratta la nuque et sourit d'un air gêné.

– Ben... je vous ai vu à la télé, tout bonnement, fit-il.

– Bien sûr, approuva Dinkins. Enfin, disons plutôt que vous m'avez entendu, à la télé! Et voyez ce que ça a donné. Tous les journaux veulent s'arracher le producteur de films de fesses qui, pour prouver son innocence dans une affaire criminelle, est allé jusqu'à inviter les vrais coupables à se rendre pour les mettre sous contrat! (Ils rirent ensemble.) Même ma femme a considéré ça comme une histoire drôle, avant que je ne vienne lui expliquer la chose dans les grandes largeurs...!

– Eh bien..., fit Dalton, j'avoue que moi aussi, j'ai longtemps cru à un canular. Et puis je me suis dit qu'il y avait une petite part de sérieux dans ce que vous avez dit, alors j'ai risqué le coup et je suis venu. Maintenant je sais que vous étiez aussi sérieux que le pape.

– Et comment que j'étais sérieux! Et je vais vous dire ce que je vais devenir: une vedette fédérale, voire même nationale, peut-être une plus grande vedette qu'au temps où j'étais comédien. C'est mon portrait qui va s'étaler dans tous les kiosques, demain matin, et comme vous le voyez, ce portrait est tellement cabossé qu'on risquerait de le classer illico comme pièce de musée. A côté de moi, Howard Hughes va faire figure de plaisantin. Oh, je n'irai pas jusqu'à dire que ça m'enchante totalement, chaque chose a son revers, comme vous pouvez le constater... (Il s'interrompit, se raidit et jeta à Dalton un coup d'œil perçant.) Dites-moi... ce n'est pas vous qui auriez alerté la presse, par hasard?

– Oui, c'est moi, répondit Dalton. Et voyez ce que ça m'a valu, reprit-il, désignant son pied droit.

Il releva le manche du pantalon, révélant le bandage.

– Qu'est-ce qui vous est arrivé? interrogea Dinkins.

Dalton le lui expliqua.

– Ça ne m'étonne pas, déclara Dinkins. C'est comme si vous n'existiez plus pour eux, à cet instant précis... Ah, les médias, quelle engeance!

Il se décala et regarda autour de lui.

– Alan! cria-t-il.

Myerson, qui était sur le point de pénétrer dans sa voiture, se retourna.

– Alan! fit Dinkins d'une voix un peu plus forte, avec un geste ample du bras.

L'instant d'après, un photographe surgit juste devant lui et lui envoya son flash en pleine figure. Ebloui, Dinkins se détourna, ferma les yeux et se protégea la tête de ses deux mains, l'espace de trois secondes; puis il rouvrit les yeux et ne put que constater la disparition du coupable.

– Bon, en voilà assez! fit-il, furieux. Fichez-moi la paix!

Les photographes s'éloignèrent de quelques pas avec force grognements, sans cesser de le braquer de leurs appareils.

– Allez, dégagez! Ne me forcez pas à vous casser la figure, tous autant que vous êtes!

Myerson arriva en courant. Dinkins se tourna vers lui et, lui désignant Dalton du doigt:

– Mettez ce gamin sous contrat, voulez-vous? dit-il.

4. South Central

Elles étaient six, six voitures roulant au pas sur Harbor Freeway, en file indienne, à la même vitesse, sur la file de droite, en direction du sud de la ville. Six véhicules civils, sans marque officielle extérieure, tous occupés par des personnages figés, dont l'aspect curieux éveillait immanquablement la curiosité et qui – et c'était visible, vu leurs visages fermés et la lenteur étudiée du cortège – n'étaient pas pressés d'arriver à destination.

Il était à peine sept heures et demie; le soleil pointait le bout de son nez, et une nouvelle matinée teintée de *smog* s'annonçait. Il faisait déjà assez chaud sur Los Angeles et le trafic, sur Harbor Freeway comme sur les nombreuses voies autoroutières qui s'entrelaçaient dans la ville, était clairsemé mais déjà conséquent. Si Détroit restait la capitale américaine – et mondiale – de l'industrie automobile, Los Angeles l'était en ce qui concernait la circulation; sa zone urbaine, déconcertante par son étendue, rendait la voiture obligatoire, d'autant plus que les transports en commun restaient très insuffisants.

Les six voitures circulaient à un rythme tellement régulier et avec une coordination telle, qu'elles donnaient l'impression d'être occupées par des mannequins et munies d'ordinateurs qui faisaient tout le travail. C'était, en tout cas, l'impression qu'elles donnaient à quelques-uns des automobilistes dépassant le cortège, avec des regards curieux au passage. D'autres prirent cela, dans un premier temps, pour un cortège de mariage, avant que le silence des klaxons et l'expression des visages des passagers ne viennent démentir cette opinion. Et les véhicules étaient de couleur trop claire pour qu'il pût s'agir d'un cortège funèbre.

Alors, qu'est-ce que c'était?

Un automobiliste seul, d'une quarantaine d'années, poussa la curiosité jusqu'à s'arrêter sur la bande d'arrêt d'urgence, après avoir gagné quelque six cents mètres sur la Procession. Mais le conducteur de la première voiture avait vu la manœuvre et remarqua l'absence des feux de détresse, qui refusaient de s'allumer pendant son approche.

Il s'empara du combiné de la radio et prononça quelques mots que les autres entendirent à peine. Personne ne répondit, et l'expression des visages ne se modifia pas. Les autres chauffeurs levèrent un peu plus le pied, tandis que le premier, arrivé à quarante mètres du véhicule suspect, passa à son tour sur la bande d'arrêt d'urgence pour stopper juste derrière.

Effaré, l'automobiliste quitta son rétroviseur des yeux pour les reporter sur son pare-brise arrière. Il ne rêvait pas. Son intention première était de laisser la file motorisée lui repasser devant pour ensuite prendre sa suite et la dépasser, très progressivement, pour voir de plus exactement de quoi il retournait. Peut-être s'agissait-il d'une mission secrète menée par des agents qui l'étaient encore plus...

Il laissa en effet la Procession lui repasser devant, mais ce fut tout.

Incapable de réagir, il vit un homme sortir de la voiture arrêtée derrière lui, du côté opposé à l'autoroute, puis passer de son côté, se caler devant sa portière et frapper deux coups à la vitre.

L'automobiliste l'abaissa. Il avait pris une longue inspiration et avait pu se faire une contenance.

– Police, lui dit l'autre, son insigne à la main.

A peine six minutes plus tard, le premier conducteur revint se placer tout doux et tout gentil en tête de la Procession, après avoir mis tous les gaz pour la rattraper.

– Qu'est-ce que c'était? fit une voix dans la radio.

– Oh, pas grand-chose, répondit le premier conducteur. Seulement un type plus curieux que la moyenne. Et bourré jusqu'à la gauche.

– Et tu n'as pas pensé à contrôler son alcoolémie?

– Oh non, ce n'est pas ça, je voulais dire qu'il était plein aux as, rectifia le premier conducteur. Tous ses papiers étaient en règle, et tout était nickel dans sa bagnole. A mon avis, c'est quelqu'un qui doit s'emmerder ferme dans la vie.

– C'est bon, revenons à nos moutons, fit une troisième voix. Nous approchons de la sortie. Ne perdez pas notre objectif de vue.

Celui qui avait parlé se trouvait dans la troisième voiture à partir de l'avant de la file, assis sur le siège du passager. C'était Joe Tolkin, inspecteur de police; un homme solide, de grande taille, au visage hâlé et dur cerné de cheveux noirs et troué d'yeux sombres et d'une large bouche aux lèvres minces.

Sur l'autre siège et à l'arrière étaient assis trois autres policiers, aux carrures tout aussi impressionnantes.

Tolkin fit apparaître un cellulaire, et composa un numéro.

— Allô, fit Tolkin. *Hi, Luke...* Comment se porte notre homme?

— *Tout ce que je peux vous dire, c'est qu'il est toujours terré dans sa tanière,* répondit le dénommé Luke. *Il ne doit pas être encore levé.*

— Bon, parfait. C'est tout ce que nous voulons savoir. Nous arrivons d'ici quelques minutes. N'hésitez pas à nous biper si vous flairez du mouvement. Et ne vous montrez pas, surtout.

— *Ouais, je sais.*

— Bon, eh bien merci encore, et à bientôt.

Il raccrocha, escamota son cellulaire et reprit le micro de l'appareil radio.

— Dernier rappel, déclara-t-il. Notre homme est dangereux. Luis Antonio Ramon, pour l'état civil. Quarante et un ans. Latino, d'origine panaméenne. Trois fois condamné à des peines de prison pour détention de cocaïne. A suivi une cure de désintoxication juste avant son dernier séjour en prison. Depuis, s'est recyclé dans le trafic, et à grande échelle. Est surtout connu pour vendre des quantités massives d'héroïne et de crack aux Noirs les plus aisés de la ville. Est recherché à titre de responsable d'un carnage perpétré il y a vingt mois chez un riche notable, dont toute la garde a été massacrée. Ce même jour, le notable avait creusé dans son compte un trou de quatre cent mille dollars qui se sont volatilisés. On suppose qu'au moment de la transaction, Ramon s'est gonflé la tête jusqu'à l'avoir plus grosse que le ventre, et qu'il s'est pris pour un de ces caïds qui veulent tout avoir sans rien payer. Mais ce n'était encore qu'un simple malfrat, qui a poussé la négligence jusqu'à laisser ses empreintes sur un appui de fenêtre.

« Depuis qu'il est en cavale, nous pensons maintenant qu'il évitait les beaux quartiers et les lieux administratifs, et qu'il ne sortait d'un quartier pourri que pour entrer dans un autre. On raconte aussi qu'il ne dort plus sans l'index sur la détente d'un revolver. A été repéré la veille au soir dans le quartier de South Central, au Dunbar Hotel, 4225 South Central Avenue.

Il reposa le micro.

La troisième voiture à partir de l'arrière de la file était la seule à contenir cinq personnes (toutes les autres transportaient quatre policiers en civil). Les deux sièges avant supportaient le poids de deux flics solidement bâtis; à l'arrière, se tenaient Joseph Dinkins et Alan Myerson avec, coincée entre les deux, une brune au visage quelconque, roulée et fagotée de manière tout aussi quelconque derrière une blouse blanche d'infirmière. C'était la seule femme à avoir trouvé sa place dans la Procession. Une petite trousse médicale reposait sur ses cuisses.

Dinkins et Myerson avaient écouté les déclarations du flic d'une oreille distraite. Cette affaire ne les regardait pas.

Quelques instants plus tard, Dinkins se fit passer le micro de l'appareil radio de bord, et parla à son tour.

– Dinkins au micro, dit-il. Le sujet que mes assistants et moi allons voir est une personne qui n'a à en remontrer qu'aux bonnes mœurs. Il s'agit d'une femme noire de vingt-sept ans, nommée Alexandra Louisiana Dalley. Une ancienne actrice de films explicites, bannie de la profession après l'annonce de sa séropositivité, survenue il y a trois ans. S'est établie par la suite dans le quartier de South Central, ceci afin de ne pas voir ses économies fondre comme neige au soleil, et où elle s'est installée comme conseillère artistique. Il semblerait qu'elle soit très populaire et unanimement respectée dans le quartier. Elle est divorcée, et n'a pas d'enfants. Domicile connu: Dunbar Hotel, 4225 South Central Avenue.

Il rendit le micro au flic assis sur le siège du passager. Celui-ci, tout comme les autres flics, avait écouté d'une oreille distraite. Cette histoire ne les regardait pas. Dinkins avait d'ailleurs veillé à susciter le moins possible leur intérêt, en omettant volontairement de préciser que Miss Alexandra Dalley était fort jolie, et dotée des plus généreuses mensurations. Cela les concernait encore moins. Il considèrerait bientôt la jeune femme comme sa propriété personnelle, une fois qu'elle aurait signé les contrats, et comptait bien se la réserver d'emblée pour lui tout seul.

Plus aucune parole ne fut prononcée, jusqu'au moment où la Procession s'apprêta à quitter Harbor Freeway. Le paysage qui défilait autour d'eux était toujours plus misérable et déprimant, et n'incitait guère à la conversation.

– Tenez-vous prêts, lança Tolkin dans le micro. Mettez-vous en garde. La visite va commencer.

Les policiers, chauffeurs inclus, mirent à profit le passage de la Procession sur Washington Boulevard pour libérer leurs poches-revolver et aiguiser mentalement leur attention préventive et leurs instincts de protection. L'endroit qu'ils allaient en partie traverser était extrêmement risqué et redouté, même en matinée. Ils y pénétrèrent par South Central Avenue, sur la droite.

Tout le monde ne le savait pas, mais South Central était à Los Angeles ce que Harlem était à New York: un immense ghetto, où Noirs et Latinos « collaboraient » du mieux qu'ils pouvaient, et où régnaient en maîtres la misère, la violence et la drogue. Et la musique, aussi. Beaucoup moins connu que Harlem, du fait de son manque de pittoresque et surtout de la proximité de quartiers aussi prestigieux qu'Hollywood, Beverly Hills, Malibu, Bel Air, Venice... qui n'ont pas leurs pareils à New York. South Central, qui incluait le quartier essentiellement noir de Watts, était en majeure partie composé de constructions basses et sordides: petites maisons plus ou moins décrépites entourées de petits jardins plus ou moins en friche, bâtiments délabrés parsemés, comme l'étaient quantités de murs, d'innombrables graffiti, les uns artistiques et indéchiffrables, les autres obscènes, tous œuvres des gangs des rues qui s'entre-canardaient sans répit et sans repos. C'était assurément l'un des endroits les plus dangereux au monde; même le Terminator hésiterait avant de s'y risquer, alors les flics...

L'annonce de la découverte du vaccin y avait bien sûr été fort bien accueillie dans l'ensemble. Car le virus avait, proportionnellement au nombre d'habitants, causé plus de dégâts à South Central que dans n'importe quel autre quartier sur tout le territoire américain. Du fait du manque de moyens, de soins et d'hygiène, et aussi du climat quasi-permanent de violence et d'insécurité, les malades y mouraient en moyenne trois fois plus vite. Les Noirs, qui avaient une approche de l'amour et du sexe plus naturelle que celle des Latinos du quartier et des Blancs en général, étaient par conséquent les plus touchés, et de loin.

94

La fête avait ainsi battu son plein, jusqu'à une heure très tardive de la nuit. Elle avait eu son lot de bagarres, qui n'avaient rien pu faire pour la gâcher. Une multitude de coups de feu avaient été tirés; mais qu'ils aient émanés de pistolets à grenaille, de revolvers, de pistolets-mitrailleurs ou de fusils à pompe, les canons étaient – à de rares exceptions près – toujours pointés vers le ciel. Avec la venue de l'aube, et la désertion progressive des rues, n'avaient été mis en évidence que cinq cadavres, troués de balles de revolver, de rafales de pistolet-mitrailleur ou de volées de chevrotine, et portés sans délai vers la morgue locale.

Dans sa longue histoire, South Central avait souvent connu bien pire.

Les membres de la Procession amorcèrent un semblant de détente. Le quartier semblait mort; les habitants, *gangmen* ou pas, semblaient tous refaire le plein d'énergie en vue de la fête qui était vraisemblablement appelée à reprendre ses droits dans l'après-midi. Et les immondices en tous genres qui jonchaient South Central Avenue prouvaient que les agents de propreté n'étaient pas encore de sortie. Cela n'en était que mieux. Ils n'étaient évidemment pas à l'abri de jets de pierres ou de tireurs embusqués, mais malgré tout commencèrent à se décontracter.

Ils passèrent devant l'usine Coca-Cola du quartier, devant laquelle avait eu lieu, durant la nuit, une gigantesque séance d'arrosage – le Coca-Cola remplaçant le champagne –, ce qui expliquait les innombrables bouteilles et canettes qui parsemaient la chaussée et les trottoirs, à près de cent cinquante mètres à la ronde.

– Saloperie! grogna le premier conducteur.

Une bouteille venait d'éclater sous sa roue avant gauche.

– Vaut mieux qu'on s'arrête là, et qu'on continue à pied, reprit-il, cette fois au micro.

– T'es fou? dit Tolkin dans le micro dont il venait vivement de s'emparer. On est encore trop loin de l'hôtel! Et puis ce ne sont pas des bruits de ce genre qui vont faire détaler Ramon. Il doit en avoir son comptant!

– On continue, alors?

– Evidemment, qu'on continue! Qu'est-ce que tu crois? Mais ralentis encore l'allure.

Ils continuèrent donc; mais la Procession perdit de sa coordination habituelle, les conducteurs étant amenés à zigzaguer pour éviter les multiples bouteilles vides. Ils passèrent ainsi, sans les remarquer, devant les deux musées consacrés à la culture noire américaine, que contenait également South Central Avenue.

Puis, ce fut l'hôtel.

– C'est là, fit Tolkin.

– Ouais, dit le troisième conducteur, à côté de lui.

Il s'arrêta, et ceux de derrière en firent autant; mais les deux premiers continuèrent leur chemin, trop absorbés dans leurs manœuvres.

– Hé là! rugit Tolkin dans le micro. Où est-ce que vous allez comme ça? Arrêtez-vous, bon Dieu! On est arrivés!

Avec les célèbres *Simon Rodia Towers,* ou *Watts Towers,* le Dunbar Hotel était la fierté du quartier de South Central. Cet établissement, le premier du genre à avoir été conçu spécialement pour les Noirs (par un dentiste dont on ignore la race), avait eu son heure de gloire dans les années 30 à 50, qui virent quelques figures mythiques de la culture noire américaine le fréquenter; notamment l'écrivain et sociologue WEB Du Bois, et surtout le musicien de jazz Duke Ellington. L'hôtel était ensuite rentré dans le rang, pour sérieusement se dégrader après les violentes émeutes raciales de 1965. Ce n'était plus qu'un hôtel de quartier, semblable à n'importe quel autre établissement pour prolétaires. De nombreux tags en striaient même la partie inférieure.

Les policiers, au nombre de vingt-deux – et dont aucun n'était affecté au commissariat du quartier – avaient déjà établi leur plan d'action. Trois voitures stationneraient de chaque côté de l'hôtel; de chacune d'elles (à l'exception de celle occupée par Dinkins et Myerson), ne sortiraient que deux policiers. Ils seraient donc seulement dix à pénétrer à l'intérieur de l'hôtel; les douze autres monteraient la garde. Et sur ces dix, seulement deux accompagneraient Dinkins, Myerson et l'infirmière; sept autres procèderaient à l'arrestation du Latino, tandis que le dernier surveillerait la réception.

Ils entrèrent sans bruit. Le hall d'entrée de l'hôtel était vide et, sans être sordide, restait peu accueillant malgré la lumière. Les murs s'ornaient de quelques graffiti épars. Derrière le minuscule comptoir d'accueil ronflait un type dont seuls étaient visibles les cheveux tout blancs et les bras tout noirs.

Tolkin frappa du poing sur le comptoir; le réceptionniste se redressa brusquement. Un filet de salive suintante s'étira de sa lèvre inférieure jusqu'au comptoir, sur lequel s'étalait une auréole.

– Réveil du groupement! fit Tolkin.

L'homme devait avoir dans les soixante ans. Il se frotta les yeux pour en retirer la glu, mais ne s'essuya pas la bouche; de ce fait, le filet de salive persista. Il leva sur les flics un regard hébété de surprise et de fatigue.

Quelques-uns d'entre eux échangèrent un regard dégoûté. Dinkins et Myerson se contentèrent d'un sourire.

– Police, dit Tolkin, exhibant son insigne. Passez-nous le registre.

– Qu'est-ce que vous voulez? s'enquit le réceptionniste.

– Le registre, répéta Tolkin placidement.

L'autre s'exécuta; d'un mouvement de la tête, il fit disparaître le filet de salive sans s'en rendre compte. Mais ses yeux étaient encore trop embrouillés de fatigue pour remarquer l'auréole gluante sur le comptoir, et le registre atterrit en plein dessus.

Parmi les policiers, la grimace s'accentua. Tolkin, qui avait eu l'intention de s'emparer du registre, y renonça finalement. Dinkins et Myerson étouffèrent un accès de rire.

Tolkin eut un petit soupir et se tourna vers ses coéquipiers.

– Allons-y, leur dit-il, en s'écartant du comptoir.

Il connaissait évidemment le numéro de la chambre de Ramon; cependant il voulait le vérifier lui-même sur le registre ou se l'entendre confirmer par le réceptionniste. Mais maintenant, il n'en avait plus du tout envie.

Six des neuf autres policiers firent volte-face et lui emboîtèrent le pas vers l'escalier, sous les yeux éberlués du vieux. « Mais qu'est-ce qu'ils veulent, ces flics, sainte Mère de Dieu? » se demanda-t-il, tout en remettant le registre souillé sous le comptoir.

Dinkins, Myerson et les trois flics s'avancèrent vers le comptoir et formulèrent leur demande. Le vieux commença par les renseigner; puis la lumière se fit dans son cerveau embrumé, et une lueur d'inquiétude s'alluma dans ses yeux:

– Miss Dalley? fit-il. Qu'est-ce que vous lui voulez?

Mais les autres lui avaient déjà tourné le dos. Le vieux se leva et tenta de les rappeler à l'ordre mais le dernier flic, resté près du comptoir, leva un bras et, d'un geste lent et persuasif, l'invita à se rasseoir et lui imposa le silence.

– Et pendant que vous y êtes, nettoyez-moi cette saloperie, lui dit-il, une fois les autres hors de vue.

– Faisons gaffe, chuchota Tolkin. Il a peut-être une fille avec lui.

– Luke nous l'aurait dit.

– Il n'aurait pas eu le moyen de le savoir. On ne sait jamais.

Les sept policiers, Tolkin en tête, avaient lentement monté l'escalier et s'avançaient sur le palier à pas de velours. Puis ils se massèrent des deux côtés de la porte, Tolkin, lui, se calant en face.

Il tendit le bras vers la poignée, l'abaissa doucement et poussa.

La porte était fermée de l'intérieur.

Au même moment, Dinkins et Myerson, arrivés au dernier étage le plus normalement du monde, frappaient à la porte en question.

– Oui? fit une voix féminine, bien nette.

– Vaccin, contrat, cinéma, dit Dinkins.

Les autres, Myerson y compris, le regardèrent avec des yeux ronds. Pendant ce temps, des pas rapides et de plus en plus rapprochés se firent entendre.

Au moment où Alexandra Dalley ouvrait la porte de sa chambre, Tolkin enfonçait celle de Luis Ramon d'un vigoureux coup de pied.

La porte s'ouvrit à la volée, et Tolkin se décala immédiatement de l'ouverture; aussitôt après, des coups de feu éclatèrent depuis l'intérieur de la pièce.

Les détonations ébranlèrent tout l'établissement, et

avant même d'avoir pu arborer un sourire de bienvenue, Alexandra laissa échapper un cri. L'infirmière sursauta violemment, avec un hoquet de terreur.

Sans attendre, Dinkins fit taire Alexandra, et les autres se ruèrent dans la chambre, à leur suite. L'un des deux flics referma la porte.

Un autre coup de feu retentit.

Les quatre balles tirées de l'intérieur de la chambre, l'avaient été à intervalles semblables; et Tolkin avait remarqué qu'elles avaient frappé le mur du couloir d'un côté vers l'autre, sur un bon mètre cinquante, preuve que Ramon s'était déplacé tout en tirant.

Preuve aussi que depuis qu'il était en cavale, pas un seul instant il n'avait cessé d'être sur ses gardes.

Sans hésiter, Tolkin passa un bras à l'intérieur, aperçut Ramon qui se précipitait vers une porte – probablement celle de la salle de bains – et la perfora d'une balle de revolver, à hauteur de sa tête.

Ramon se figea immédiatement, son arme au bout de son bras.

– Bouge plus, Ramon! cria Tolkin.

– Mais que se passe-t-il? interrogea Miss Dalley, un brin décontenancée.

Dinkins, qui la connaissait bien – contrairement à Myerson –, et qui lui avait plus d'une fois répété à quel point elle était sensationnelle, mit sa réponse en suspens, le temps d'une séance de contemplation admirative de plus. C'était toujours un plaisir. Les autres mâles présents, qui la découvraient, en restèrent bouche bée et eurent une brusque sensation de vertige: leurs sens, en deux secondes, étaient entrés en ébullition. L'expression de l'infirmière fut bien sûr plus circonspecte.

Pour l'occasion, Alexandra s'était vêtue d'une robe blanche qui moulait étroitement ses formes parfaites. Son visage rond (elle ne s'était pas maquillée) était un modèle de modelage, et on voyait tout de suite qu'elle en prenait un soin tout particulier, comme d'ailleurs elle prenait soin du reste de son corps. Elle avait une bouche pulpeuse, aux lèvres juste assez épaisses pour ne pas ressembler à des saucissons, une dentition parfaitement régulière et éclatante de blancheur, un nez fin et des yeux sombres et provocants; le tout encadré d'une chevelure noire écrasante et bouclée, striée ça et là d'éléments grisonnants qui, avec les quelques légères rides qui striaient son visage, constituaient la seule ombre dans ce portrait de rêve.

Le virus avait évidemment provoqué une accélération du vieillissement des cellules de la jeune femme, un vieillissement cependant tempéré par les soins que lui prodiguaient certains médecins, tous noirs, disséminés dans la ville (elle était mieux soignée que tous les séropositifs du quartier réunis). Elle avait vingt-sept ans, mais en accusait facilement cinq ou six de plus, ce qui était loin d'être catastrophique. C'était même un miracle, quand on considérait qu'elle avait vécu trois ans avec la maladie, dans l'un des quartiers les plus mal famés de tout le pays.

La frayeur, l'émotion qu'elle éprouvait accentuaient d'autant sa fragilité qu'elle en devenait adorable.

Dans un coin de la pièce bien tenue, se trouvaient les bagages de la jeune femme, qui devait définitivement quitter l'hôtel dès que le vaccin lui serait administré. Quant aux contrats, il était déjà prévu qu'elle les signe durant le trajet de retour. Dinkins l'avait en effet choisie pour interpréter le personnage principal de son film. Un personnage qu'elle connaissait bien: celui d'une star du X à qui tout réussit, et qui voit le monde s'écrouler autour d'elle quand elle apprend sa séropositivité, bientôt révélée au public.

– Vous n'avez pas à vous inquiéter, répondit Dinkins au bout d'une minute, d'un ton rassurant. Une simple arrestation, plus bas dans l'hôtel. (Il jugea inutile de lui demander comment elle allait, et alla droit au but.) Bon écoutez, Alexandra, il va falloir vous allonger. On va vous soigner tout de suite.

– Je préfère rester debout, dit-elle.

– Allez vous allonger, dit assez sèchement l'infirmière.

– Regarde bien cette porte, Ramon! disait Tolkin, d'une voix dure. C'est le sort que tu subiras si tu ne lâches pas ton arme dans les vingt secondes!

Plusieurs secondes s'étaient écoulées depuis que Ramon s'était brusquement arrêté dans sa course; malgré tout, les policiers, naturellement prudents, étaient restés sur le pas de la porte. Ils savaient tous très bien que les truands les plus dangereux ont une fâcheuse tendance à vouloir descendre le plus de flics possible avant d'y passer à leur tour. Ils avaient pu le constater à maintes reprises, que ce soit dans la réalité ou dans la fiction, grâce à des romans ou films policiers frappants de réalisme, et ne tenaient pas du tout à ce que cela se produise maintenant.

Les vingt secondes s'écoulèrent; Ramon n'avait pas lâché son arme, et les policiers n'étaient toujours pas entrés dans la pièce. Aucun d'eux ne voulait se risquer dans un éventuel champ de tir. Tous tenaient leurs armes braquées sur Ramon, leurs bras tendus s'échelonnant des deux côtés de l'encadrement de la porte.

– Dis donc, trou du cul! fit un autre flic. On t'a dit de

lâcher ton feu! A moins que t'aies besoin d'un coup de main?

Ramon ne bougea pas d'un pouce et ne répondit rien. Il se tenait toujours debout, raide comme la justice, les bras pendant le long de son corps, face à la porte trouée, montrant son dos aux flics mais prêt à leur faire face à n'importe quel moment, et à faire feu. Il savait qu'il était cuit. *Adios, Mexico,* se disait-il, mais il comptait bien buter de la flicaille – ce qu'il n'avait jamais fait auparavant – avant de prendre le chemin de l'au-delà, qu'il jugeait largement préférable à celui de la prison.

Tolkin entreprit alors de viser le revolver de Ramon.

C'était un des deux policiers qui avait finalement abaissé de moitié la fermeture-éclair arrière de la robe d'Alexandra, même Dinkins n'en ayant pas eu le courage.

De son côté, l'infirmière préparait la petite seringue, la remplissant du produit et la tâtant de l'index.

Comme tout le monde – hormis les toxicos incurables –, Alexandra détestait les piqûres; mais cette angoisse fut aisément surpassée par la perspective d'être enfin guérie, soulagée de la pire des maladies, et c'est avec un léger sourire flottant sur ses lèvres et un tout aussi léger déhanchement de souveraine qu'elle se dirigea vers son lit, ses talons hauts claquant sur le plancher.

Au moment même où elle se retrouvait allongée sur le ventre, Tolkin pressa la détente.

La balle fit sauter l'arme de la main de Ramon qui poussa un cri bref, son index s'étant pris dans la gâchette. Il eut alors un grognement de fureur et se précipita pour ramasser son revolver, mais les flics s'étaient déjà rués dans la pièce et l'agrippèrent brutalement par-derrière, avant de le ramener vers le lit sur lequel ils le plaquèrent sans ménagement.

L'infirmière, elle, avait failli voir la seringue lui échapper des mains, au son de la détonation. Mais c'était à tout autre chose qu'avaient réagi les autres, qui avaient une vue imprenable sur la cambrure du dos en partie dénudé d'Alexandra et sur la courbe de ses fesses somptueuses, que la robe moulante contribuait à encore mieux suggérer et mettre en valeur, et qui trouvaient leur prolongement dans de longues jambes, lisses et fuselées. Instantanément, ils sentirent leurs gorges s'assécher, leurs bas-ventres s'embraser et leurs membres se raidir. Alexandra s'en aperçut, eut un léger sourire frivole puis tourna la tête de l'autre côté. Il y avait là une callipyge à rendre sa virilité à un eunuque.

L'infirmière, munie d'un morceau de coton humide dans une main et de la seringue dans l'autre, vint se planter à côté d'elle.

Au moment où elle enfonçait son aiguille dans la chair d'Alexandra, Ramon se faisait rudement passer les menottes aux poignets, ramenés derrière le dos. Un autre policier le maintenait à plat sur le lit, d'un genou appuyé sur sa nuque. Tolkin lui lisait ses droits, tandis que les autres fouillaient la pièce.

— Vous avez le droit de fermer votre gueule, fit-il. (Les deux flics assis sur Ramon levèrent des yeux ronds sur lui.) Toutes vos salades seront retenues contre vous devant la Cour.

— Je suis mort de rire, railla Ramon, de son léger accent hispanique.

— Vous avez droit à un avocat...

— Non, sans blague? lança le flic qui menottait Ramon. (Tolkin le regarda et pouffa légèrement.) Un tas de merde comme lui qui peut avoir droit à un avocat... où va le monde, bon Dieu?

– C'est écrit dans votre Constitution, fit Ramon.

– Hé, la ferme! fit le second flic, accentuant légèrement sa pression du genou. On t'a pas dit de la ramener.

– ... si vous n'avez pas les moyens de vous le procurer, reprit Tolkin, il vous en sera assigné un d'office.

– Pigé? dit Ramon.

Le flic aux menottes leva le poing; Tolkin l'arrêta d'un geste.

– Fais pas ça, dit-il. C'est peut-être qu'un tas de merde, mais il a sûrement assez de pognon pour s'offrir l'avocat d'O.J. Simpson. Frappe-le et c'est toute ta carrière qui part dans le lac.

– Il commence à me courir, grinça le flic aux menottes. On vient à peine de lui passer les bracelets qu'il nous casse déjà les pieds!

– Patience, mon vieux, dit Tolkin. On aura tout le temps de faire connaissance, une fois arrivés au commissariat. Allez, emballez-moi ça, et foutons le camp d'ici.

– Retour au bercail, mon gars, dit le flic aux menottes. Et cette fois, t'es pas près d'en sortir, c'est moi qui te le dis!

Le trajet de retour s'effectua sans histoire pour tout le monde; seul Ramon n'y trouva pas son compte.

Sketch III

LA FILLE EN BLEU

Un bruit de crissements de pneus, et la machine rôdée au quart de tour, se mit en branle.

– Vingt-deux, v'là les bleus!

– Alerte rouge!

– Sauve-qui-peut!

– Foutons le camp!

Une dizaine de filles, massées de part et d'autre de la chaussée, prirent leurs jambes à leur cou, dans toutes les directions. Les policiers, qui eux n'étaient que six, jaillirent du panier à salade sans même attendre son arrêt complet et, matraque à la main, se lancèrent au hasard à leur poursuite. L'un d'eux alla jusqu'à hésiter quant à la direction à prendre.

Un autre, Pascal Robineau, cavalait derrière une superbe rousse vêtue d'un chandail bleu sous un costume tailleur bleu idéal, qu'il n'avait eu aucune peine à repérer. C'était la plus rapide de toutes; elle courait pieds nus, ses chaussures bleues à talons-aiguilles dans une main, son réticule bleu dans l'autre. Pascal n'arrivait pas à gagner du terrain sur elle.

– Sonia! cria-t-il.

Dans sa course, Sonia se retourna, ce qui contribua à casser son rythme.

– Encore toi! fit-elle. Va te faire foutre! Tu m'auras pas, cette fois!

Mais au bout de trois minutes supplémentaires de poursuite, terrassée par un point de côté, elle fut obligée de ralentir, puis de s'arrêter, la main gauche à hauteur de hanche, haletante, en position courbée.

Pascal la rejoignit, à bout de souffle, le visage luisant de sueur. Il s'appuya à un arbre.

– Tu cavales de plus en plus vite, dis donc! remarqua-t-il d'une voix hachée. Mais t'es comme le guépard, tu fatigues vite. Tu manques encore d'endurance.

Sonia le regarda sans répondre, trop occupée à reprendre son souffle, toujours courbée.

Au bout d'un bref instant Pascal détourna les yeux et regarda autour de lui, de tous côtés. Il ne vit personne.

– C'est pas la grosse affluence, qu'est-ce que t'en penses?

– Tu vois une boîte de nuit, dans le coin? articula Sonia, non sans peine.

Le silence était quasi-complet, si ce n'était le bruit de leurs respirations précipitées. Le bois de Boulogne n'est pas petit.

– Justement, ça devrait être la boîte de Boulogne ici, en ce moment. Le baisodrome plus ultra.

– Ha ha, ricana Sonia entre deux halètements.

– Sans blague, ça devrait forniquer dans tous les coins, derrière chaque tronc d'arbre.

– A condition que les flics laissent faire, et rien qu'à te voir ça m'étonnerait.

– N'empêche qu'il devrait y avoir plus de monde, rapport à cet antidote. T'es au courant, je présume?

– Pourquoi tu dis ça? Tu es tenté?

– Pourquoi je te retrouve ici? interrogea-t-il, un peu hérissé par le ton qu'avait pris la jeune femme. Tu travailles pour pouvoir te payer une dose de ce truc ou quoi? Il me semble que c'est gratos.

Sonia secoua la tête, sans rien dire de plus. Elle resta ainsi muette, courbée et respirant profondément.

– Ça va, au moins? demanda Pascal au bout d'un moment.

Il se rapprocha d'elle et lui saisit le bras, mais elle se redressa brusquement et se dégagea. Ses yeux étaient venimeux.

– Bas les pattes, espèce de salaud! cracha-t-elle. Carre-les toi plutôt dans le cul!

– Hé là, tu devrais pas me parler comme ça, Sonia, dit-il. J'ai pas toujours été réglo avec toi, d'accord, mais j'ai pas toujours été salaud non plus. Je te rappelle que je suis flic, et je fais mon boulot du mieux que je peux. Je pense que je mérite mieux que ce genre de langage.

– Ah, parce qu'il faut encore que je te félicite? Tu manques pas d'air, toi! Oh, je reconnais tes qualités, Pascal. Elles sont nombreuses! Tu es un gentil garçon, doublé d'un bon flic, et tu penses bien faire. Et avec tout le respect que je te dois, je me permets de te dire merde!

– Et moi, je reconnais que t'as rien perdu de ta verve et de ton sens de l'humour. Allez, calme-toi, maintenant. Ça sert à rien de m'insulter.

Mais Sonia ne décolérait pas:

– Ça t'arrive de me foutre la paix, des fois? Qu'est-ce que je t'ai fait pour que tu me colles au train comme ça? Je suis pas la seule putain de la terre, quoi!

– Là, tu marques un point, je l'admets. Mais les autres ne valent rien à côté de toi. Et quand tu dis que je te colle au train, que je te pourchasse, que je te persécute, enfin tous les trucs dans le genre, là, je marche plus. Y a pas un mot de vrai là-dedans. J'essaie simplement de t'aider, parce que je pense qu'une belle fille comme toi a mieux à faire que de s'exhiber au bois de Boulogne. Surtout en ce moment. T'es en train de bousiller ta vie de la plus belle des manières. Tu n'as rien à faire sur le trottoir, je te le répète. Et tant que ça sera pas rentré dans ta belle petite tête de rouquine, je te lâcherai pas. Tu comprends ça? Je finirai bien un jour par te faire passer l'envie de racoler.

— Ah, mais de quoi je me mêle? grogna-t-elle, son autre main sur son autre hanche. T'es bien gentil de me dire ça, mais si tu veux plus me voir sur un trottoir, alors autant te jeter dans la Seine.

— Non, c'est pas ce que je voulais dire...

— Je comprends très bien ce que tu voulais dire. Seulement toi, ce que t'arrives pas à comprendre, c'est que j'aime ce boulot et que je sais rien faire d'autre. Ton rayon, c'est le fourgon, le mien, c'est le goudron.

— T'es en train de te foutre de moi, là, fit Pascal en riant. Allez, avoue que tu ne parles pas sérieusement!

— Oh, mais je suis on ne peut plus sérieuse, articula-t-elle d'un air de défi. Et ce que tu sais pas, c'est que quand je fais pas le trottoir, je travaille à domicile, et ça, jusqu'à preuve du contraire, c'est pas défendu par la loi. J'ai plein de clients réguliers et je me fais un max de blé. C'est ça, la différence entre nous deux.

— La différence? De quoi tu parles?

— La différence entre nous deux, tu vois, c'est que toi, tu te crèves le cul tous les jours pour des caca-huètes, tandis que moi, il me suffit de montrer le mien pour bien gagner ma croûte. Tu viens de dire que j'étais une belle fille...

— Ouais, approuva Pascal, tu es une belle fille, et je t'aime bien.

— Pauvre nouille bleue, t'es pas le seul à penser pareil! Très loin de là! Y en a plein d'autres qui m'ont dit la même chose. Tu sais ce que je pense? Je pense que t'es jaloux.

– Jaloux, moi? Tu rigoles! Pourquoi je serais jaloux? Et de qui d'abord? De toi, peut-être?

– Pas de moi, crétin...

Il la tira brutalement vers lui et se mit à la secouer.

– Arrête de m'insulter!

– Lâche-moi!

– Arrête de m'insulter, ou tu te ramasses une baffe.

Ce fut lui qui s'en prit une, calibrée, à travers la figure. Il la lâcha, ses yeux papillotèrent.

– Sincèrement désolée, fit Sonia d'un ton apaisant, mais c'est pas ma faute si t'arrives pas à te contrôler et si tu dis que des conneries. Pourquoi tu serais jaloux de moi? On a pas élevé les vaches ensemble. Non, je parle de mes clients. Et tu sais pourquoi? interrogea-t-elle d'un ton de provocation. Parce que tu sais que tu m'auras jamais.

Pascal parvint à sourire:

– Tu continueras ton petit exposé plus tard... (Il lui reprit vivement le bras.) ... commence d'abord par me montrer tes poignets.

Il lui passa les menottes au poignet.

– Passe-moi ton autre bras, dit-il.

– Tu m'arrêtes pour quoi? Insulte à agent? Coups et blessures?

– Ferme-la et fais ce que je te dis.

Elle passa son autre bras derrière son dos:

– Non.

Il s'efforça de lui saisir l'autre bras, mais elle s'appliquait toujours à le lui enlever, un sourire moqueur peint sur son visage parfaitement modelé.

– Bon, ça va comme ça, lâcha Pascal, finalement vaincu. On va pas y passer la nuit.

– C'est toi qui as la clé, non ? dit Sonia. Alors t'as qu'à nous attacher. C'est même mieux comme ça, on restera libres de nos mouvements.

– Ouais, c'est une idée, approuva-t-il après un instant de réflexion.

Il se menotta le poignet, pendant qu'elle remettait ses chaussures à talons-aiguilles, et ils se mirent en marche.

– Viens, dit brusquement Pascal. On coupe par le bois.

– Ah non, fit Sonia, j'ai pas envie de rentrer là-dedans, moi! Pas en pleine nuit!

– On coupe, je te dis. On a plus le temps de faire le tour.

Ils plongèrent dans le bois, que le clair de lune ne perçait que difficilement, ses rayons blafards se frayant tant bien que mal un chemin entre les branches et les feuilles. De ce fait, le sol n'était plus visible que par endroits.

Leur progression s'en retrouva d'autant plus ralentie que les racines et les pierres, invisibles dans la semi-obscurité, étaient comme autant de barrages.

– Ah, la super idée que t'as eue! grogna Sonia. Si t'avais une torche, j'aurais compris! Ce que les flics peuvent être cons, des fois!

– C'est toi qui nous freines, avec tes talons-aiguilles. (Juste à ce moment, il trébucha et manqua s'étaler, entraînant Sonia avec lui.) Merde, fit-il.

– Fais attention, quoi! s'écria-t-elle. T'as failli m'arracher le poignet.

Ils se relevèrent et reprirent leur marche.

– Tu sais, Sonia, dit soudain Pascal, j'ai réfléchi, et je crois qu'une fois arrivés au poste, on devrait causer, tous les deux. J'arriverai peut-être pas à te raisonner, dure-à-cuire comme t'es, mais ce sera toujours un début.

– Te fais pas d'illusions, riposta Sonia. T'y arriveras pas.

– Oh, crois pas ça. Je finirai bien par y arriver, je te l'ai dit.

– T'y arriveras pas au baratin.

– On verra bien.

– Au fait, dit-elle, je suppose que t'es pas marié.

– Bien sûr que non. Si je l'étais, crois-moi, je ferais autre chose que de courir après les putains pour les sermonner avant de les coffrer. Je perdrais pas mon temps à ça. J'ai des principes.

– Des principes religieux, sans doute?

– Non, mademoiselle. La religion, je m'en tape. Je crois pas en Dieu et je lis pas la Bible. Par contre, je crois à la dignité humaine.

– Pascal, dit-elle, si t'es tout le temps à me courir après, comme le chien après sa queue, c'est que t'en pinces un peu pour moi, non?

– Ça va, arrête ton char, maugréa-t-il.

– Allez, avouez, m'sieur l'agent, dit-elle en riant. Soyez donc franc, pour une fois... Avouez qu'un coin de votre cervelle d'oiseau me considère comme la femme de vos rêves.

Surpris, il la regarda droit dans les yeux, ou du moins ce qu'il pouvait en voir. Et de nouveau, il trébucha sur une racine, perdit l'équilibre et tomba, l'entraînant dans sa chute.

– Merde de merde! lâcha-t-il, plus fort qu'avant.

Exaspéré, il croisa de nouveau le regard de Sonia, dont le sourire s'élargissait, et se calma d'un coup.

Il soutint son regard pendant dix secondes, avant de s'avancer, de se risquer à l'embrasser.

Elle se défila, en éclatant de rire.

Décontenancé, il se releva rapidement, la forçant à

faire de même, et ils se remirent en marche. Il évitait maintenant son regard.

— On est presque arrivés, fit-il d'un ton un peu aigre. Grouillons-nous. On a encore perdu du temps.

Subitement, Sonia vint se coller contre lui et lui planta un baiser sur la joue.

— Ça suffit pour me faire pardonner? Allons, Pascal, te vexe pas pour si peu. Je suis désolée...

— Oh, la barbe... grogna-t-il en la repoussant.

A peine étaient-ils enfin sortis du bois, que Sonia s'arrêta brusquement.

— Ben quoi? fit Pascal.

Elle se tourna vers lui:

— Pascal, je veux pas aller en cage.

— Ah non?

— Pas ce soir.

— Mais j'me fiche que tu veuilles aller en cage ou pas. Tu y vas, c'est tout!

— Pascal, laisse-moi partir.

— Et pourquoi je ferais ça?

— Ecoute, si tu m'aimes vraiment, enlève ces menottes et laisse-moi m'en aller, s'il te plaît. Je te le demande.

— Qu'est-ce qui te fait croire que je t'aime?

— Ça saute aux yeux. C'est toujours après moi que tu cours!

Il sourit:

— On peut rien te cacher, à toi... Ouais, faut croire que t'as raison. Raison de plus pour ne pas te laisser filer comme ça, sans un mot d'explication.

Elle lui rendit son sourire et baissa la tête.

— Je comprends... (Elle tourna de nouveau la tête vers la gauche.) Regarde, tu vois cette voiture, là-bas?

Du menton, elle désignait ce qui semblait être une

114

BMW, garée de l'autre côté de la route, loin derrière le fourgon, le capot tourné vers celui-ci. C'était la seule voiture présente dans les environs; elle était visible à la lumière d'un réverbère qui la mettait somptueusement en valeur. Elle semblait flambant neuve. Ses phares étaient éteints.

– Je vois. C'est un client à toi, c'est ça?

– Heu... pas vraiment, non. Disons que c'était un client. Je vais t'expliquer... Figure-toi que la dernière fois qu'on s'est vus, ce type m'a demandé en mariage.

– En mariage? Tu plaisantes?

– Je n'en ai pas l'air, c'est la vérité. Je peux te le jurer.

– C'était il y a combien de temps?

– Ben... ça doit faire une semaine. Depuis, j'essaie de l'éviter.

– Comment il s'appelle?

– Jean-Pierre Chandelier. C'est un PDG, un gros ponte, et veuf par-dessus le marché. Sa femme et lui ont eu un accident de voiture, il y a cinq mois de ça. C'était lui qui conduisait. Il s'en est tiré avec quelques fractures pas bien méchantes. Par contre, sa femme y est restée. Elle s'appelait Véronique, et c'était une rouquine bien balancée, comme moi...

– C'est ça, vante-toi...

– Il les aime rousses et bien balancées, tu comprends, expliqua-t-elle avec malice. Il m'a repérée il y a trois mois, et depuis, il me lâche plus d'une semelle. Il veut m'épouser pour ma ressemblance avec l'autre.

– Est-ce qu'il a des gosses?

– J'en sais rien, il ne m'en a jamais parlé. J'crois pas, non. En tout cas, j'en ai pas vu.

– Si je t'embarque, tu crois qu'il va nous suivre?

– Evidemment, qu'il va nous suivre. Logique. Sinon, tu penses bien, il serait pas resté là.

– Comment peut-il être sûr que tu ne t'es pas enfuie?

– Ouais, bonne question. Franchement, je sais pas. Peut-être qu'il nous a vus ensemble.

– Tu crois qu'il irait jusqu'à payer ta caution?

– J'en suis sûre et certaine. Crois-moi, il en est parfaitement capable. Ce type est cousu de millions.

– Merde alors! fit Pascal éberlué.

– Si tu me laisses partir, j'arriverai sans problème à le semer, et s'il me rattrape, je pourrai toujours l'envoyer promener. Alors que si tu m'embarques et qu'il paye ma caution, je serais bien obligée de partir avec lui. Tu comprends?

– Tu ne veux pas être avec lui?

– Non.

– Et pourquoi? T'as dit qu'il était plein aux as. Ce serait une bonne chose pour toi, non? Ça te permettrait de tourner la page, pour de bon.

– Je croyais que tu m'aimais...

– Bien sûr, Sonia. C'est à toi que je pense, en disant ça.

– Ecoute, je veux pas me marier avec ce type. Surtout pas. Je m'en fous, de son pognon. C'est un pervers, depuis que sa femme est morte, il a des tendances maso. Ce vaccin ne va pas arranger les choses. Il est séropositif, tu sais...

– Il est séropositif?

– Disons qu'il l'était... il s'est certainement fait vacciner à l'heure qu'il est. Mais c'est pas ça qui va le calmer. Il voudra plus me lâcher. Et puis, il aime trop la vitesse. Sa femme est morte à cause de ça. Il me fait peur. Je ne le déteste pas, mais je l'aime encore moins, voilà.

– Sonia, dit Pascal, je ne peux pas te laisser partir, tu le sais bien. D'ailleurs, ils n'attendent plus que nous, dans le fourgon. Ça doit faire depuis une demi-heure qu'ils doivent être en train de poireauter, là-dedans. Eux non plus, ils n'ont pas toute la nuit. Allez, viens.

Ils passèrent sur l'asphalte.

– Très bien, dit Sonia. Comme tu voudras. Mais je t'aurai prévenu.

– D'accord, tu m'as prévenu, mais tu me diras aussi que j'ai le droit de vérifier si tu m'as pas raconté des craques.

Elle éclata de rire, puis s'arrêta brusquement, s'apercevant qu'il avait la tête tournée en direction de la voiture.

– Le regarde pas, Pascal! fit-elle d'un ton de reproche. Qu'est-ce qui te prend? T'es bête, ou quoi?

Un des policiers venait de descendre du panier à salade, à la hauteur duquel ils venaient d'arriver.

– Eh ben, t'en as mis du temps, dis donc! fit-il. Tu te l'es envoyée dans le bois, ou quoi?

Sonia le transperça du regard.

– Oh toi, l'Aiguillette, tu la fermes, t'as pigé? grommela Pascal.

Sonia et lui montèrent à l'intérieur. Alors elle s'arrêta, figée, s'apercevant qu'elle était la seule fille à s'être fait agrafer. A l'intérieur ne se trouvaient en effet que les quatre autres policiers en uniforme, assis sur les deux bancs latéraux, deux de chaque côté, au fond du compartiment. Ils la dévisagèrent. Elle prit place près de la porte, en croisant ses superbes jambes.

Pascal, assis à côté d'elle, entreprit de lui passer les menottes aux poignets.

– Tu permets? demanda-t-il.

– Bien sûr, vas-y, répondit-elle en souriant.

L'autre policier remonta, et referma vivement le battant; au même moment, le véhicule démarra. Il alla prendre place en face de la jeune fille. C'était un jeune homme très maigre – d'où son surnom –, et doté d'un visage constellé de tâches de rousseur, qui sentait l'insolence à plein nez. Une vraie tête à claques. Il se mit à l'examiner de la tête aux pieds, en souriant d'un air stupide.

– Dis donc, Pascal, déclara-t-il, tu les choisis bien, tes putains. Vise-moi ce châssis!

De nouveau, Sonia lui jeta un regard noir.

– Je t'ai dit de fermer ta gueule de con! s'écria Pascal, furieux. Encore un mot, et je t'assomme. (Puis, à l'adresse des quatre autres, au fond:) Ben alors, qu'est-ce qui vous est arrivé, ce soir? Vous êtes tous tombés dans un trou, ou quoi?

Alors, les uns après les autres, la mine déconfite, ils racontèrent leurs mésaventures.

– Ben, tu sais, dit le premier, c'est qu'elles courent vite, ces pouffiasses! Dès qu'elles enlèvent leurs chaussures et qu'elles commencent à pédaler, elles deviennent aussi rapides que Merlene Ottey! A peine j'ai mis le pied par terre, elles étaient déjà toutes dans les bois. Tu sais quoi? A mon avis, on les entraîne.

– A mon avis à moi, dit le deuxième, c'est ce vaccin qui les a dopées. Elles ont toutes dû s'en faire injecter par litrons, pas plus tard qu'aujourd'hui ou hier.

– C'est plus des filles, c'est des fusées, dit le troisième.

– Ouais, c'est que t'as p't'êt raison, convint le premier. Mais quand même... D'ordinaire, un vaccin, ça stimule pas, mais p't'êt que celui-là...

– M'est aussi d'avis que cette gonze-là a pas encore eu sa dose, dit le deuxième flic en désignant Sonia de la tête.

– Fous-lui la paix, grogna Pascal.

– Moi, c'est la première fois que je participe à une rafle de ce genre, précisa le deuxième. Alors tu vois, face à ces nanas qui sont habituées à ce qu'on leur coure après, qui sont conditionnées, vaccinées et stimulées, faut pas trop m'en demander. J'ferai mieux la prochaine fois.

– C'est ce qu'on dit toujours, ouais, dit Pascal en souriant.

– Moi, c'est la troisième fois, seulement, dit le premier. Mais là, j'avoue quand même que j'ai fait le con. J'ai perdu mon temps à chercher laquelle était la plus près. Le temps que je la trouve, y avait déjà plus personne.

Ils furent pris de rires un tantinet moroses, Sonia exceptée, qui regardait discrètement par la vitre arrière, sans bouger d'un pouce.

– Moi, j'suis à plat, déclara le troisième. J'étais déjà lessivé avant de venir. J'ai tergiversé, je savais plus où donner de la tête. J'ai dû courir vingt-cinq mètres, et après j'ai déposé les armes. Y a vraiment des jours comme ça, où tout va de travers. J'ai passé une sacrée journée.

– Ouais, dit Pascal, on sait que tu t'es planté en bagnole.

– D'accord, mais ce que vous savez pas, c'est que j'ai des ennuis de famille. Ma sœur et mon beau-frère viennent de se séparer. J'ai appris ça aujourd'hui. Ils envisagent même de divorcer. Ça m'a fichu un coup, parce que c'est moi qui les avais poussés à se marier. Je pensais que ça gazerait super entre eux, et je me suis gouré. Ça m'apprendra à me mêler des oignons des autres: tôt ou tard, vous les prenez hachés fin en plein dans les yeux... En tout cas, ça a suffi pour flanquer ma journée par terre. J'ai même oublié d'en prendre mon déjeuner; la première fois depuis cinq ans! Ça m'a valu de me planter en bagnole. Je m'en suis sorti sans gros bobo, mais on a jugé préférable de me jeter dans ce fourgon, avec mission de courir après les putes du bois de Boulogne. C'était trop pour moi, j'ai pas fait long feu.

Un silence, puis:

– Et toi, Thierry, dit Pascal, qu'est-ce qui t'est arrivé?

Sonia tourna les yeux vers Thierry, alias l'Aiguillette.

Celui-ci, visiblement pris de court:

– Moi? Ben... heu...

– L'Aiguillette s'est plantée dans le foin! lança le quatrième flic. Même que c'est moi qui l'ai ramassée. J'ai trébuché dessus par hasard, alors que j'étais bien parti pour mettre la main sur une de ces sacrées pisseuses. J'ai mordu la poussière, je me suis retourné et je l'ai vu, qui se roulait par terre, en gémissant comme un nouveau-né. Il a encore eu du bol, celui-là.

Nullement démonté, Thierry répliqua, avec un haussement d'épaules:

– Bah, tout compte fait, la pêche a pas été trop mauvaise, ce soir. Pascal nous a ramené la mieux roulée. Ça va nous changer de toutes les mochetées qu'on ramasse d'habitude.

Avec un petit cri de reine flouée, Sonia se jeta sur lui, front pointé en avant, cherchant le coup de boule. Pascal parvint à la retenir juste avant qu'elle ne s'empale sur le pied que Thierry avait mis en opposition.

Il la ramena non sans difficulté à sa place. Sonia se contorsionnait pour se libérer, le visage figé de fureur.

Thierry ricana:

– Ouououh! T'es moche quand tu t'énerves.

Pascal, à son tour, se jeta sur lui et le mit K.O. d'un simple direct du droit.

– J't'avais prévenu, p'tite merde, fit-il.

Il reprit place à côté de Sonia.

— Waouh! Pas mal! s'écria-t-elle en souriant.

— Ouais, c'est bien joué, dit le premier flic. Le voilà calmé, maintenant.

— De quoi vous discutiez, dehors? interrogea le troisième flic.

— Hein? lancèrent Pascal et Sonia, de concert.

— On vous a vus, sur le trottoir, dit le quatrième. C'est tout juste si vos bouches faisaient pas ventouses.

— Ils sont devenus tourtereaux, bon Dieu! fit le second flic. Visez-moi leurs vêtements, pleins de terre. Le coup de foudre, c'est ça, hein?

Les quatre flics rigolèrent. Pascal et Sonia se regardèrent en souriant.

— Dis pas n'importe quoi, dit Pascal, un peu gêné. On est tombés, c'est tout.

— Un peu, que vous êtes tombés! Vous êtes tombés amoureux, ouais!

— Vous avez même fait le grand plongeon!

— Tu sais quoi, Pascal Robineau? T'es devenu la honte de ta profession!

— On devrait te passer les menottes, à toi aussi!

Le panier à poulets vint se garer à proximité du poste de police; à environ deux cents mètres derrière, une BMW flambant neuve en fit autant, le long du trottoir opposé. Son occupant, le visage creusé par l'envie et la perplexité, éteignit ses phares et attendit.

*

Sonia était maintenant en cage, assise sur le banc latéral droit, les mains libres jointes autour de ses jambes croisées, son réticule sur les cuisses. Elle promenait son regard dans la pièce principale, occupée par des policiers en uniforme qui semblaient faire de gros efforts pour ignorer sa présence, lui lançant de temps à autre des rapides coups d'œil avides.

Elle détourna soudain la tête, et son regard tomba sur deux de ses compagnons de détention, deux jeunes voyous débraillés qui la reluquaient à leur manière. L'un d'eux, de race blanche, coiffé d'une casquette blanche des Bulls de Chicago, fixait ses jambes avec un appétit qui allait grandissant; l'autre, d'origine maghrébine, coiffé de la même casquette, mais de couleur rouge, l'observait avec un air nettement plus détaché. Quand Sonia posa son regard sur lui, il détourna les yeux. Un troisième garçon, de loin le mieux habillé des quatre, était étendu sur le banc latéral de gauche. Il ne dormait pas mais semblait réfléchir, ses yeux fixant le plafond craquelé, constellé de chiures de mouches, de traces de moisissure et de résidus de toiles d'araignée.

Les deux débraillés commencèrent à échanger des paroles chuchotées.

– Hé, dit Casquette Blanche, avec un petit coup de coude à l'intention de son copain, vivement demain matin, pas vrai?

– Quoi?

– J'ai dit: vivement demain matin!

– Demain matin, je rentre chez moi.

– Et elle?

– Quoi, elle? fit Casquette Rouge. Qu'est-ce que tu veux que j'en fasse? J'ai pas de sous à lui refiler, moi.

– Hein? fit Casquette Blanche, l'air étonné. Qu'est-ce que tu dis?

– C'est une pute! lança l'autre d'un ton brusque. Ça s'voit pas? Dis-lui « 500 pour une pipe », elle te la fait dans la minute.

Casquette Blanche porta des yeux ronds d'ahurissement sur Sonia. Celle-ci les fusillait du regard tous les deux, prête à bondir. Elle avait décroisé les jambes.

– A ton avis, poursuivit Casquette Rouge, nullement impressionné par la pose menaçante de Sonia, les flics l'ont ramassée où? Sur les Champs-Elysées, peut-être? Ou sur Broadway? Si tu veux te la faire, faudra raquer, mon vieux. Et t'as pas un rond sur toi. Alors laisse tomber, oublie-la. Pense plutôt à ta meuf et à tous les mamours que tu lui feras quand tu seras dehors.

– Tu rigoles, non? répliqua Casquette Blanche. Maintenant que j'ai vu plus bandante qu'elle, je la touche plus. C'est terminé. D'ailleurs, en ce moment, elle doit être furax, elle doit penser que je découche. Faudra que je protège mes joyeuses, demain matin, faudra que je les coule dans de l'acier trempé avant de rentrer. Oh merde!

– Quoi?

– J'crois que je suis amoureux.

Casquette Rouge pouffa d'un air moqueur:

– Alors là, t'es pas sorti de l'auberge, mon petit pote. M'est d'avis qu'elle est déjà en main.

– Tu parles du flic, là-bas, au fond?

– Ouais, celui qui nous zieute.

– Ouais, j'les ai vus causer ensemble. Et alors? Ça prouve rien.

– T'as déjà vu un flic et une pute causer ensemble plus d'une minute, les yeux dans les yeux, dans un poste de police? Ecoute, à ta place, je laisserais tomber l'affaire. Si le flic te voit lui faire du plat, c'est lui qui va te les couper.

– Demande-lui son nom, au moins, suggéra Casquette Blanche. Tu t'y prends mieux que moi. J'suis sûr qu'elle va m'envoyer balader.

– Compte là-dessus, bois de l'eau, rétorqua l'autre. Demande-lui toi-même. Moi, je fricote pas avec les putes. J'tiens à ma réputation. (Il lui désigna le jeune type allongé.) Ou alors, demande-lui, tiens! Je parie qu'il est en train de réfléchir à la manière dont il va l'emballer.

Mais Casquette Blanche n'en fit rien. Après un bref regard vers le jeune type, qui fixait toujours le plafond de ses yeux vides, il recommença à se rincer l'œil.

– Hé, mec! lança soudain Casquette Rouge.

Le jeune type bien sapé posa son regard transparent sur lui.

– C'est quoi, ton nom? lui demanda Casquette Rouge.

L'autre répondit:

– Julien, j'm'appelle.

– Tu penses à quoi, là?

– A rien.

– Qu'est-ce que t'as fait pour mériter d'être en cage?

– Je me suis laissé dévaliser dans un bus, voilà ce que j'ai fait. C'est presque rien, mais c'est suffisant.

– Ouais, approuva Casquette Blanche. En ce bas-monde, il suffit d'un rien pour qu'on te mette à l'ombre.

– Tu t'es bagarré? interrogea Casquette Rouge.

– Mais non. Je veux dire, on m'a tiré mon porte-feuille, en douceur. Il y avait tous mes papiers dedans. Je n'y ai vu que du feu. Et comme par hasard, c'est là où j'ai voulu descendre, que des contrôleurs sont montés. Vous devinez la suite.

– Merde, ça c'est pas de bol, dit Casquette Blanche dans un sourire. Et tu leur as dit quoi?

– Ben, je leur ai répété dix fois que j'avais été volé, dit le jeune type bien sapé, mais qu'est-ce que je pouvais prouver? Ils ont appelé les poulets, les poulets m'ont embarqué, et arrivé ici, ils m'ont cuisiné pendant une heure.

– Pourquoi? interrogea Sonia, incrédule.

Tous les regards convergèrent vers elle. Depuis qu'elle était entrée, c'était la première fois qu'ils entendaient le son de sa voix. Julien, cependant, reprit rapidement:

– Ils sont sur une affaire de vol à la tire. C'est l'escalade, à cause de ce qui se passe, la fête, les gens qui déconnent et tout. Les pickpockets se régalent. Paraît qu'y en a plein d'autres comme moi, des dizaines au moins, qui se sont fait soulager de leur portefeuille ou de leur sac à main. Le flic qui m'a cuisiné, un gros lard à moitié aveugle, s'est fait chauffer sa valise pas plus tard que cet après-midi. Depuis, il en fait une affaire personnelle. Ah, il m'a drôlement emmerdé, celui-là. Pendant une heure, il m'a posé les mêmes questions foireuses. Est-ce que t'aurais pas vu ci ou untel, pourquoi t'as pas fait ça, pourquoi tu coopères pas, et patati, et patata... Il m'a même tendu une feuille de papier et un crayon, vous vous rendez compte? Au cas où j'aurais eu une illumination et que d'un coup, je me serais rappelé la tête d'un type dont j'ai senti les jointures se balader à l'intérieur de mon veston. J'ai essayé de lui faire comprendre que le vol s'est produit alors que le bus était bourré à craquer, que j'ai rien vu, que j'ai pas fait gaffe, que je sais pas dessiner et que j'ai autant de mémoire des visages qu'un macchabée, mais il était trop crétin pour piger tout de suite. Quand enfin il a saisi la coupure et qu'il pouvait rien tirer de moi, il m'a fait encager pour la nuit.

– Enfin, il a raison, dit Sonia, vous devez quand même bien vous rappeler quelque chose, un visage...

– Mais je ne me souviens de rien, aussi vrai que je m'appelle Julien. Je devais avoir la tête dans les nuages. D'ailleurs, c'est ça, mon problème. Je passe mon temps à rêvasser.

– Et vos parents, ils ne répondent pas de vous? Pourquoi vous avez pas voulu qu'on les appelle?

– J'ai donné un faux numéro aux flics. Ils sont

tombés sur une secrétaire de SOS Détresse. Ça m'a bien fait rigoler. Mes parents, je préfère leur foutre la paix. Demain matin, je leur dirai que j'étais en boîte, c'est tout.

– Dans un sens, c'est pas faux, dit Sonia avec un léger sourire.

Julien haussa les épaules et reprit sa position première.

Casquette Blanche se précipita à côté de Sonia.

– Faudra que tu fasses gaffe à ton sac, ma belle, lui dit-il. Au fait, qu'est-ce qu'il y a là-dedans? Je peux voir?

– N'y pense même pas, mec. Tu pourrais te faire mal.

– J'parie dix contre un, que c'est la recette de sa journée, fit Casquette Rouge. Avec trois capotes neuves, qu'elle a mises de côté exprès pour nous.

– Toi, tu ferais bien de mieux réfléchir à ce qu'il pourrait y avoir là-dedans, répliqua Sonia d'un air de défi. Demain matin, je te le montrerai peut-être. J'espère que ça te pètera à la gueule.

– Dis-moi, tu t'appelles comment? demanda Casquette Blanche.

– J'ai pas de nom et je te conseille de pas te frotter à moi, lança-t-elle. Je suis froide comme un iceberg.

– Ecoute, moi j'ai rien dit de mal, fit Casquette Blanche. Faut pas en vouloir à mon copain, il a une dent contre les filles...

– J'essaie d'oublier ton pote. Et si tu veux pas que j'en fasse autant avec toi, dis-moi ce que tu as fait pour mériter ma compagnie.

– Ben... nous deux on s'est fait prendre dans une bagarre, dans le métro...

– C'est *tout*? fit-elle, les yeux arrondis. Je te crois pas. Vous auriez pas plutôt incendié une bagnole? Ou brisé des vitrines? Ou encore tabassé une nana dans les toilettes d'un fast-food? J'ai une copine qui est à l'hosto, avec la gueule cabossée, des bleus partout et le minou à l'envers. C'était pas vous, par hasard?

A ces mots, Julien sortit d'un coup de sa rêverie et éclata de rire. Par contre, les deux voyous parurent visiblement surpris, voire choqués d'un tel langage chez une aussi belle fille. Casquette Blanche s'écarta même légèrement. Son sourire avait disparu. Sonia avait débité tout ça le plus naturellement du monde.

Casquette Rouge cependant se reprit assez vite:

– Ah, tu parles de la petite pouffiasse blonde, là? dit-il d'un ton qui se voulait le plus innocent possible. Ben ouais, c'était nous. Mais la salope nous avait cherchés, il a bien fallu lui apprendre les bonnes manières. En tout cas, on s'est bien marrés. Pas vrai, mec?

– Tu connais le sort qu'on réserve aux violeurs, à Madagascar? demanda Sonia.

– Je crois le savoir, ouais. Attends... on leur arrache les noisettes ou les glazes, et après on les monte sur boucles d'oreille.

– Bien, bonhomme. Demain, tu monteras chez moi, je te montrerai des échantillons.

– T'as la langue bien pendue, toi, hein ? fit Casquette Rouge.

– Les hommes disent toujours que les femmes ont pas le sens de la blague, déclara-t-elle. Avec moi, ils seront jamais au bout de leurs surprises.

– T'es d'origine madagascari... heu... madagasc...

– Malgache, macaque, fit-elle d'un ton moqueur. (Julien pouffa dans son coin.) T'as pas dû faire des études très poussées. Ouais, j'suis née là-bas, de parents français.

– Donc, si je comprends bien, t'es une immigrée? conclut-il. T'as ta carte de séjour dans ton sac, alors.

– T'as rien compris du tout, mon gars. Je suis née à

Madagascar, mais je suis française, vu que mes parents sont français de nationalité. Et vous, d'où est-ce que vous venez, tous les deux? De Chicago? De quel gang vous sortez?

– Si t'es pas une pute, alors qu'est-ce que tu fous là?

– Mais j'ai jamais dit que j'étais pas une pute. J'ai jamais dit que j'en étais une non plus.

– Qu'est-ce que tu débloques encore?

– Je veux dire que je suis une fille qui est en train de réfléchir à ce qu'elle va faire à partir de demain. Une fille qui pense à son avenir dans un monde bâti pour les voleurs et les pervers.

– Cherche pas, t'en as pas, dit Casquette Rouge après un haussement d'épaules. T'es fichée, maintenant, tous les flics te connaissent...

– T'es en pleine période de reconversion, c'est ça? dit Casquette Blanche, histoire de couper court. Comme le tueur black dans *Pulp Fiction* ?

Elle les regarda, étonnée, puis secoua la tête:

– Pour vous, je suis rien du tout. Laissez tomber. Je suis en train de vous raconter ma vie, et je me demande bien pourquoi.

– Dis-moi, reprit Casquette Blanche, ce vaccin ne serait pas pour quelque chose dans ce grand virage, des fois?

Elle ne répondit pas.

Casquette Rouge haussa de nouveau les épaules, avec un reniflement.

– Les putasses, c'est comme les fumeurs, les camés et les alcoolos, dit-il. Ils vous annoncent toujours qu'ils vont arrêter, et la minute d'après ils replongent. Tu te fais des illusions, ma beauté. Quand on devient putain, on le reste pour la vie. Une page pareille, ça se tourne pas, à condition d'avoir des couilles, ce que vous autres bonnes femmes n'aurez jamais.

128

– Ferme ta gueule, grogna-t-elle. T'y connais rien à rien. Et puis tu sais, même si j'étais d'accord avec toi, je me serais pas jetée sur ta braguette.

Casquette Rouge la regarda d'un air perplexe:

– Hmmm... je sens qu'on va se la fendre, cette nuit...

– J'en ai l'impression, moi aussi, approuva Casquette Blanche.

– De mon côté, c'est plutôt d'ennui que je vais me la décrocher, renchérit Sonia.

Casquette Blanche secoua la tête de stupéfaction.

– Bon, reprit Casquette Rouge avec un petit geste excédé, blague à part, tu t'appelles comment?

C'est alors qu'une voix forte retentit de l'extérieur de la cage:

– Sonia Delage?

Sonia tourna vivement la tête:

– Oui? répondit-elle.

Un flic se tenait devant la porte.

– T'es libre, poupée, annonça-t-il en crochetant la serrure. On a payé ta caution.

– Déjà? s'écria-t-elle effarée, parlant pour elle-même. Eh bien, il a pas perdu de temps, cette espèce d'enfant de cochon!

Elle se leva, sous les yeux des deux autres médusés. Julien se redressa, surpris lui aussi.

– Quoi, déjà? fit Casquette Blanche, l'air dégoûté. Ça doit faire depuis à peine un quart d'heure qu'elle est là. C'est pas juste!

– Elle doit avoir un ange gardien, lança Casquette Rouge. C'est pas possible autrement.

– C'est qui, l'enfant de cochon? demanda Julien.

Sonia le regarda avec un large sourire:

– Celui qui a payé la caution, pardi, répondit-elle. Quelqu'un que je ne conseillerais à personne. (Elle tourna les yeux vers Casquette Rouge:) Et si j'avais un ange gardien, je lui aurais demandé de ne pas me fourrer dans ses pattes.

– Une cig' avant de sortir? fit Casquette Rouge, en lui tendant son paquet.

– Je ne fume pas, mais merci quand même. (Elle retira une cigarette du paquet.) Je la garderai en souvenir. Allez, salut, les gars. C'est dommage, on aurait vraiment pu s'amuser, tous les quatre. J'espère que vous saurez vous la fendre sans mon aide.

Elle sortit. Le flic referma la porte derrière elle.

– En voilà une sacrée gonzesse! dit Casquette Blanche, tandis que la rouge allumait une autre cigarette. Celle-là, je ne la conseille pas à tout le monde.

– Moi, si! dit Casquette Rouge, qui, à l'instar de la Blanche, avait complètement changé d'avis au sujet de Sonia, dans l'autre sens. Elle se sert peut-être de sa langue comme d'un poignard, mais elle est drôlement mignonne, y a pas à dire, conclut-il.

– Ouais, conclut Julien, en la regardant s'éloigner. J'aurais dû tenter ma chance.

Elle se retrouva face à Pascal.

– Ton Pygmalion est là, lui annonça-t-il d'un ton goguenard. Le fais pas trop poireauter, il m'a l'air d'un tigre qui attend son déjeuner depuis deux heures.

– Laisse-moi me marrer... C'est par où, les toilettes?

– Suis-moi.

Ils se dirigèrent vers les toilettes, suivis des yeux par les autres policiers présents.

– Je t'avais prévenu... commença-t-elle, dès qu'ils furent entrés dans les toilettes des hommes.

– Oui... approuva-t-il.

– Pascal, je te l'ai dit, je ne veux pas être avec lui, fit-elle.

– Et qu'est-ce que tu veux que je fasse?

– T'as qu'à nous suivre. D'accord? Et à moins que ça ne tourne au vinaigre, tâche de pas te faire repérer. Je la sens mal, celle-là.

– Mais je peux pas me libérer, protesta-t-il. Tu oublies que je suis de garde ici!

Elle eut un geste d'impatience:

– Ecoute, dit-elle, faut que je pisse. Ça te laisse deux minutes pour te décider. Débrouille-toi, envoie quelqu'un d'autre, fais n'importe quoi, mais fais quelque chose. Reste pas les bras croisés.

Il ouvrit la bouche pour répondre, mais elle le prit de vitesse.

– Et ne discute pas! Fais ce que je te demande, ou nous pouvons nous faire nos adieux, là, tout de suite... c'est ça que tu veux?

*

Sonia sortit du poste de police. Chandelier l'attendait, planté à proximité de sa BMW flambant neuve.

C'était un grand tas de chair efflanqué, d'environ trente-cinq ans. Sonia, qui avait plusieurs fois eu l'occasion de le voir dans le plus simple appareil, le décrivait intérieurement comme ayant la tête de quelqu'un qui en a pris plein la gueule pendant de longues années, et le corps de quelqu'un pour qui la vie ne s'est résumée qu'à une partie de plaisir. Il avait une tête carrée, marquée par les épreuves; sa mâchoire accusait des angles bizarres, sa bouche n'était qu'une ligne dure, son nez crochu avait besoin d'un bon coup de chirurgie esthétique et ses yeux étaient très enfoncés dans leurs orbites. Ses cheveux châtains grisonnaient déjà au niveau des tempes. Par contraste, il avait un corps de play-boy; bien proportionné, musclé, à la peau lisse, et sans une once de graisse superflue.

Dans l'ensemble, c'était donc le genre d'homme que les femmes ne commençaient à trouver vraiment buvable que quand il était à moitié à poil.

Les vêtements qu'il portait se passaient de commentaires, hormis qu'ils auraient coûté quasiment toute sa paye mensuelle à n'importe lequel de ses employés.

Sonia s'approcha et stoppa devant lui. Malgré sa nervosité, il parvint à sourire. Elle le regardait sans rien dire.

– Tu ne me dis pas bonsoir? fit-il.

– Bonsoir, dit-elle simplement.

– Bonsoir, Sonia. (Il regarda ses vêtements.) Même mal habillée, tu restes la plus belle de toutes.

Elle eut un faible sourire grimaçant.

– Merci, Jean-Pierre, répondit-elle d'un air lointain. Tu as toujours été et tu resteras toujours effroyablement snob, mais je suppose que ça fait partie de ton charme.

– Allons, allons, ne commençons pas à nous bouffer le nez, dit-il. Tu ne me fais pas la bise? C'est toujours à la mode, tu sais.

Elle s'approcha encore. Il l'embrassa sur la joue, mais elle ne lui rendit pas son baiser.

– Je peux monter? demanda-t-elle.

– Evidemment.

Il s'écarta avec une petite grimace d'agacement. Comme entrée en matière, c'est raté, semblait-il se dire. Il ouvrit la portière du passager, et la referma après que Sonia eut pris place à l'intérieur. Puis il fit le tour du capot, s'installa au volant, mit le contact et démarra.

– C'était combien, la caution? demanda Sonia, au

bout de trois bonnes minutes passées sans une seule syllabe prononcée.

– Cinq cents euros, répondit-il.

– Tant que ça? s'étonna-t-elle. Ecoute, j'ai l'argent, je peux te rembourser demain matin, si tu veux.

– C'est pas la peine, dit Chandelier en secouant la tête.

– Ça ne me ruinera pas, si c'est ça qui t'inquiète, fit-elle. Mais même dans le cas contraire, je te rendrais l'argent. Je ne tiens pas à avoir une quelconque dette envers toi. En aucune façon.

– Bon, bon, si ça t'importe plus que tout le reste... grinça-t-il. C'est comme tu veux, mais j'aimerais ne plus avoir à payer pour te voir. On ne va pas continuer longtemps ce petit jeu stupide.

Elle tourna la tête vers lui:

– Mais ce petit jeu stupide est déjà fini, tu n'as plus à t'en inquiéter, dit-elle. A partir de ce soir, tu n'auras plus à acheter nos rencontres. Ça, ça va vite se passer de mode, je te le garantis...

Elle se garda de développer. Il la regarda un bref instant, l'air visiblement intrigué, avant de reporter ses yeux sur la route, cherchant ses mots.

Une minute plus tôt, il avait débouché sur la longue et large avenue Foch, qu'il avalait à une allure modérée en direction de l'Arc de Triomphe et de son vaste et luxueux chez-lui, situé sur les Grands Boulevards. La chaussée, libre à la circulation automobile, était néanmoins infestée de tous les déchets du monde, laissés par les fêtards dont les plus survoltés et les plus endurants avaient convergé sur les Champs-Elysées.

– Ce sont les services de nettoyage qui vont avoir du pain sur la planche, demain matin, et encore, à condition qu'on les laisse faire, dit Chandelier, moins par agacement qu'histoire de dire quelque chose.

Regarde-moi cette saleté, c'est encore pire que dans un trou de banlieue. Tu te rends compte que tout le long des Champs-Elysées, tu ne trouveras pas une seule poubelle publique sur les trottoirs? Dans ces conditions, comment veux-tu que les gens se débrouillent? C'est bien simple: ils jettent leurs saloperies par terre. Et voilà ce que ça donne. Un merdier pas possible.

Sonia ne répondit rien.

Il lui donna une minute pour s'expliquer; comme elle ne disait toujours rien, il se jeta à l'eau.

– Dis, et si tu te décidais à éclairer ma lanterne? Ça veut dire quoi, « je n'aurai plus à acheter nos rencontres »?

– Ça veut dire que la page est tournée, répondit Sonia. A partir de maintenant, je ne laisserai plus ton fric décider pour nous. Je décroche, tu m'entends? Je quitte ce bizness, j'en ai ma claque, surtout depuis que je te connais, c'est intenable...

– Tu veux dire que tu arrêtes? fit-il.

– Exactement.

– Mais je n'y vois aucun inconvénient.

– Je ne le fais pas pour toi, mais pour moi.

– Qu'est-ce que tu veux dire par là?

– Je veux dire par là que désormais, je te verrai quand ça me chantera. Si à l'avenir je me retrouve encore au poste, pour quelque raison que ce soit, ce ne sera pas la peine de payer ma caution, car je ne monterai pas dans ta voiture.

Dix secondes fut nécessaires à Chandelier pour digérer suffisamment cette répartie et pour placer, entre deux hoquets:

– Je n'ai pas bien compris, ou tu essaies de couper les ponts entre nous?

Elle attrapa au vol la perche qu'il lui tendait sans le savoir:

134

– Tu as tout compris. Bravo.

– Alors c'est comme ça, maintenant, hein?

– Hé oui. Maintenant, c'est comme ça. Faudra que tu t'y fasses. (Elle prit une longue inspiration.) Dans ta tête, c'est acquis que j'éprouve des sentiments amoureux pour toi, simplement parce que tu nages dans le fric. Je vais te donner l'occasion et le temps de découvrir à quel point tu te trompes...

– Oh, tais-toi, fit-il, agacé. Tu ne penses pas ce que tu dis.

– Oh, que si!

– Qu'est-ce que j'ai donc, qui te dérange tellement?

– Tu veux vraiment savoir?

– Mais oui!

– Tu y tiens vraiment?

– Et pas qu'un peu!

Elle le fixa intensément, ouvrit la bouche pour répondre, puis poussa un soupir et finalement ne répondit pas.

Exaspéré, il s'écria, la main droite crispée sur le volant, l'autre balayant rageusement l'air:

– Mais dis quelque chose, quoi! Parle-moi, que je puisse me calmer un peu!

Elle garda le silence. Ses lèvres se mirent à trembler.

Il prit une longue inspiration, puis tendit le bras droit et lui passa la main dans les cheveux. Mais elle la lui retira d'un geste assez sec.

– Laisse mes cheveux tranquilles. Tiens plutôt ta droite.

– Ecoute, Sonia, je t'aime, dit-il. Tu ne le vois donc pas? Je veux que tu deviennes ma femme.

– Tu mens, Jean-Pierre, plaça-t-elle. Tu ne m'aimes pas. C'est ta femme, cette Véronique, que tu aimes. Tu l'aimes au point que tu es obsédé par son image. Tu cherches à la faire revivre à travers moi. Je le sais, et je dis non, je refuse. Je ne marche pas. Je ne suis pas un objet de culte, et je ne tiens pas à le devenir.

– Qu'est-ce que tu racontes, Sonia? fit-il effaré. Serais-tu devenue folle? Je t'assure qu'il n'y a personne d'autre...

– Des bobards, coupa-t-elle. Il y a et il y aura toujours cette femme, je ne suis pas complètement idiote. Et je ne le suis pas au point d'épouser un veuf cintré dans ton genre, même s'il est plein aux as. Alors autant te le dire tout net, histoire d'en finir une bonne fois: moi non plus, je ne t'aime pas.

A ces mots, Chandelier écrasa la pédale de frein. C'était purement inconcevable. Il resta figé, comme pétrifié, après l'arrêt brutal de la voiture.

Le coup de frein fut si soudain qu'une voiture vint les tamponner par-derrière.

– Hé là! s'exclama Sonia, furieuse. Dis donc, ça va pas, là-dedans?

Elle ouvrit la portière et s'apprêta à sortir, mais il l'empoigna et la ramena brutalement à l'intérieur.

Elle commença à se débattre.

– Lâche-moi! cria-t-elle, luttant pour se libérer. Laisse-moi sortir, espèce de...

Il la fit taire d'une bonne gifle assénée de l'autre main.

– Tu l'as cherché, tu vas l'avoir, grommela-t-il, avant de refermer la portière.

A ce moment, une sirène de police se fit entendre...

Surpris, il se retourna et son regard tomba sur le conducteur de la voiture de derrière qui, de l'autre côté de la vitre, lui faisait signe de descendre pour venir constater les dégâts. Mais loin de Chandelier cette pensée: il appuya sur le champignon, redémarrant en trombe au nez et à la barbe de l'autre qui se mit à brailler.

La voiture de police se lança à sa poursuite, toutes sirènes hurlantes.

C'est alors que Chandelier accomplit un petit exploit: de sa main droite, il empoigna Sonia par le devant de son tailleur qui se déchira, tout en tenant la route de sa gauche.

– D'où est-ce qu'elle sort, cette voiture de flic? lui cria-t-il dans la figure. Tu vas répondre, oui?

Sonia pleurait en silence, encore étourdie. A croire qu'elle n'avait pas senti Chandelier la ramener brutalement contre lui.

– C'est ce policier, n'est-ce pas? hurla-t-il, en proie à une rage folle. Celui qui t'a agrafée dans le bois, et avec qui t'as discuté? C'est lui qui est derrière nous? Réponds, bon Dieu! C'est lui qui nous file le train, c'est ça, hein?

– Va te faire foutre, hé, connard! cracha Sonia, sanglotante. Sale frimeur! Gros-plein-de-fric! Tellement farci de blé qu'il croit les flics obligés de lui foutre la paix! Ah, j'aurais dû rester tranquillement en cage, tiens! J'allais m'y faire des vrais copains!

– Salope! T'as envoyé ce poulet à mes trousses!

Là-dessus, il la balança sur l'autre siège, tel un chiffon crasseux.

– Ah, tu t'imagines qu'on peut se payer ma tête comme ça? fit-il. Tu ne me connais pas encore! Tu crois que j'ai déboursé cinq cents euros exprès pour me faire courser par les flics?

Il était trop furieux pour continuer; il l'était d'autant plus que, malgré sa rage, il venait de comprendre que Sonia avait raison.

Il ne l'aimait pas. C'était vrai.

Il avait beau trouver à Sonia plus de classe qu'à Véronique – et ce malgré qu'elle fût un peu plus petite –, il ne l'aimait pas.

Il aimait Véronique à travers elle.

Et on ne tombe pas amoureux d'une prostituée, même quand elle est extraordinairement belle, et nantie d'un physique sans faille. On ne tombe pas amoureux d'une prostituée, à moins d'être soi-même du métier ou d'avoir les neurones passablement emmêlés.

Il ne doutait pas non plus qu'elle était sincère, quand elle avait dit qu'elle ne l'aimait pas. Pour elle, pour toutes les racoleuses, il n'était qu'un produit, qu'une source de profits sonnants et trébuchants.

Et elle avait eu beau dire qu'elle décrochait, elle raisonnerait désormais toujours de cette façon-là.

Cette pensée ne fit que décupler sa rage; ses joues se gonflèrent, son visage se fit cramoisi, ressemblant plus que jamais à celui d'un boxeur que son adversaire venait de traiter comme un punching-ball.

Il accéléra de plus belle, profitant de la circulation clairsemée, zigzaguant entre les véhicules à pleine vitesse.

Il brûla un premier feu rouge. Un véhicule surgi d'une rue transversale fit hurler ses pneus en même temps que son klaxon.

Sonia reprit alors ses esprits, suffisamment en tout cas pour prendre conscience de ce que subissait son corps, ballotté dans tous les sens au rythme des coups de volant de Chandelier.

– Hé! fit-elle. Mais qu'est-ce que tu fabriques?

Comme il ne répondait pas, elle éclata:

– Mais ralentis, espèce d'abruti! T'es complètement fou, ou quoi? Tu tiens à finir en cabane?

– Peu importe que je finisse en prison ou pas, pourvu que je sème ce flic et que je te flanque la dérouillée de ta vie.

– Ça alors... (Tout le corps de Sonia se contracta.) Espèce de crétin! siffla-t-elle.

138

– Ta gueule! rugit-il.

– Triple imbécile! Enfant de morue!

– Je t'ai dit de la boucler!

– Je veux pas finir comme ta femme, t'entends? Tu vas me faire le plaisir d'arrêter la voiture, et tout de suite!

– Ferme-la, sale garce! fit-il. Ou je t'éjecte!

– Sans blague? Eh bien vas-y! Comme ça, au moins, je ne verrai plus ta gueule d'affreux!

Il lui jeta un regard meurtrier.

– Attends un peu que je largue ce flic! Attends un peu!

Il traversa en trombe un second carrefour dont il brûla le feu rouge, passant dans un trou de souris, entre deux voitures dont les conducteurs levèrent les poings en hurlant.

Il jeta un coup d'œil à son rétroviseur intérieur.

Le policier lui collait toujours au train, malgré ses manœuvres d'orfèvre. Pour le semer, il savait qu'il lui suffirait d'utiliser une des petites rues transversales, adjacentes aux larges voies convergeant vers l'Arc de Triomphe. La puissance de sa voiture et sa connaissance de la ville feraient le reste.

Mais ça ne lui suffisait pas; ou du moins, il était trop fier, trop vaniteux pour se contenter de cette solution. Il la trouva même tellement conventionnelle qu'il faillit en rigoler tout haut.

Il existait une autre possibilité, beaucoup plus excitante; et tout aussi efficace, peut-être plus, à condition qu'elle fonctionne. Mais ça valait vraiment le coup d'essayer.

Il sourit à part lui, ne prêtant aucune attention à Sonia qui continuait à l'agonir.

De son côté, Pascal suivait tant bien que mal la

BMW flambant neuve et défoncée à l'arrière, lancée à une allure de bolide. Il espérait de toutes ses forces que Sonia avait eu la présence d'esprit d'attacher sa ceinture. L'air de plus en plus inquiet, il eut un sursaut quand il réalisa que Chandelier approchait de l'Arc de Triomphe sans aucune intention de changer de direction. Sa vitesse restait constante. Il savait que l'autre aurait à lever le pied, mais était désormais certain qu'il avait mis le cap sur les Champs-Elysées, qui malgré l'heure tardive devaient être encore noires de monde, et bien parties pour le rester pendant un bon moment.

– Nom de Dieu, il ne va pas faire ça, tout de même? fit-il, n'en croyant pas ses yeux.

– L'impression qu'il y va tout droit, bâilla le type sur le siège du passager.

C'était un petit bout de flic, la trentaine et demie, déjà aux trois quarts chauve, la mine renfrognée. Ce qui se passait ne semblait pas suffire à le dégeler complètement.

– Faut vraiment qu'il ait grillé tous ses fusibles, pour qu'il en arrive là! s'exclama Pascal. Qu'est-ce qu'elle a bien pu lui sortir, comme saloperies?

– Nom d'un chien! s'écria Sonia, l'air horrifié. Tu vas pas faire ça, tout de même?

– Attache ta ceinture, ferme ton clapet et accroche-toi, grogna Chandelier.

Elle attacha sa ceinture mais garda son clapet ouvert.

– Tu vas pas faire ça, tout de même? répéta-t-elle. (Comme il ne répondait pas, elle remit ça:) Tu vas pas faire ça?

– Oh, change de disque! Tu me les brises, à la fin!

– Tu comptes même pas ralentir un peu?

Il lui jeta un coup d'œil aussi rapide que mauvais.

– C'est ça! Pour que tu puisses sauter?

– Mais ralentis, au moins!

– Oh, la paix! Laisse-moi conduire, bon Dieu! Je t'ai dit que je larguerai ce flic, et je le ferai à ma manière! Maintenant que c'est dit, boucle-la!

Mais il leva le pied; il y était bien obligé. La foule commençait à s'amasser drue sur la place de l'Arc de Triomphe, débordant sur les avenues adjacentes sur une bonne trentaine de mètres.

Hormis, bien sûr, les Champs-Elysées, qui affichaient complet.

Sonia réprima un cri.

Tout à coup, alors qu'il n'en était plus qu'à cinquante mètres, Chandelier fit hurler son klaxon, puis passa sur le trottoir, à vitesse moyenne.

Sur son passage, la foule s'écarta dans un concert de hurlements.

Pascal hésita, mais finalement s'engouffra dans la brèche qui heureusement, ne s'était pas refermée. Par précaution, pour ne pas effrayer plus les gens, il fit taire sa sirène.

Le klaxon de la BMW hurlait toujours, comme s'il s'était bloqué. Par chance, Chandelier avait nettement levé le pied, laissant aux badauds le temps de s'écarter de son chemin.

Et plus ça allait, plus il ralentissait.

Il le fit très progressivement, jusqu'à son arrivée sur les Champs-Elysées. Et au point d'en arriver à relâcher le klaxon.

C'était cela, son idée: laisser la brèche se refermer derrière lui, lentement et sûrement. De cette façon, le flic finirait par le perdre de vue, c'était inévitable.

Et il en serait définitivement débarrassé.

Du moins le croyait-il.

– Dis donc, le mollusque, s'écria Pascal furieux, qu'est-ce que t'attends pour appeler des renforts?

Lui aussi, évidemment, avait dû progressivement réduire sa vitesse; et il avait vu la foule se refermer devant lui, aussi sûrement qu'une dépression nuageuse phagocyte le bleu du ciel, que c'en avait été ahurissant.

Bientôt, ce fut le noir presque complet derrière son pare-brise.

De plus, il se trompait. Il ne s'en était pas aperçu, mais l'autre bleu s'était complètement matérialisé, bien qu'il n'eût pas pensé à se servir de la radio.

Il était abasourdi. Il n'avait jamais rien vu de tel. C'était la première fois qu'il voyait un contrevenant motorisé, se servir d'une foule compacte pour semer la police.

– Doit bien y avoir un flic en civil, dans cette sacrée nasse! éructa Pascal, que la fureur avait rendu cramoisi.

Il sortit non sans peine de la voiture, et fit promener son regard; du moins, il tenta de le faire. Il n'y avait rien à voir, hormis des fêtards qui tout d'un coup n'en avaient plus tellement l'air, qui le regardaient bizarrement, de leurs yeux qui exprimaient tout à la fois la joie de l'événement, l'étonnement, la colère et la curiosité. Des fêtards dont un tout petit nombre seulement était entré en activité dès la nuit précédente, vers une heure du matin – heure française –, au moment de l'annonce publique de la découverte.

Pascal savait qu'il était inutile de leur demander de s'écarter. Ce serait en pure perte. Et il aurait beau klaxonner, cela ne ferait qu'ajouter au vacarme général sans pour autant faire réagir qui que ce soit.

Il les avait perdus!

Sonia non plus, n'en revenait pas.

Cela faisait maintenant deux minutes que Pascal

n'était plus visible, et depuis à peine une minute que Chandelier exultait intérieurement, tout en faisant son possible pour ne pas le montrer.

Mais il était très mauvais comédien.

Il ne disait peut-être rien, mais tout dans son attitude trahissait ce qu'il ressentait.

N'y tenant plus, il finit par lâcher:

– Eh bien voilà! Tu vois? C'était pas compliqué.

Sonia le regarda sans rien dire, mais ne put empêcher sa bouche de s'animer d'un petit sourire. « Les richards ne ratent jamais une occasion de se pavaner, pensa-t-elle. Et ils ont beau faire, ils n'arrivent jamais à s'en empêcher. »

Elle laissa passer quinze secondes, histoire de le laisser patauger dans son jus de triomphe; puis d'un coup s'anima et essaya de sortir de la voiture.

Cela ne marcha pas, évidemment, car il la surveillait toujours d'aussi près. Il l'agrippa avant même qu'elle ait pu ouvrir la portière.

– Tu me prends pour un débile? fit-il sèchement, le visage de nouveau paré du masque de la fureur noire.

Elle commença à se débattre pour se libérer; n'y parvenant pas, elle tenta de le gifler, mais il s'y attendait et lui saisit le bras droit. Là-dessus, histoire de lui faire passer l'envie de ruer dans les brancards une bonne fois pour toutes, il ferma le poing et, avec un grognement étouffé et tout le poids du haut de son corps, le lui envoya en plein visage.

Un pain soigné et calibré. Sonia en vit trente-six chandelles avant de s'affaisser sur son siège.

Avec un hochement de tête satisfait, il reprit sa progression, sans se douter un instant qu'il venait de commettre une imprudence qui allait bientôt lui valoir les bracelets et un petit séjour en cellule.

Son geste n'était évidemment pas tombé dans l'œil d'un aveugle.

– Allô? dit un homme, parlant dans son cellulaire. La police...? Voilà... je ne sais pas si c'est votre rayon, mais il y a un type qui est en train d'en mettre plein la gueule à une rouquine, dans une... heu... une BMW esquintée à l'arrière... Sur les Champs-Elysées, oui, c'est ça... Oui, je vous donne le numéro de la plaque...

Sketch IV

LES FEMMES D'ABORD

LES TROIS GRAND-MÈRES PÉTARD
JUGÉES A PARTIR D'AUJOURD'HUI

C'est aujourd'hui que doit s'ouvrir le procès de ces trois femmes âgées qui, il y a cinq jours à peine, avaient investi de force un établissement qui avait déjà fait l'objet de plusieurs descentes de police, dont le dernier datait d'il y a un peu plus d'un mois. Cet établissement est un des plus hauts – et sordides – lieux du proxénétisme à Budapest. Les trois femmes y étaient entrées armées de fusils à pompe et avaient contribué, de force, à la réapparition à la surface de plusieurs jeunes personnes, toutes de sexe féminin, portées disparues depuis une période plus ou moins longue selon les cas. Aucune d'entre elles n'avait de papiers, mais l'on peut facilement présumer que ces papiers leur ont été tout de suite confisqués par leurs geôliers. Presque toutes venaient de l'étranger, notamment de Russie, d'Ukraine, de Roumanie, de Tchéquie et des pays baltes. Elles (le trio) avaient réussi à tenir en respect les « gérants » et autres dirigeants de ce sinistre lieu jusqu'à l'arrivée de la police, laquelle avait embarqué tout le monde, le trio y compris.

L'on se demande toujours exactement sous quel chef d'inculpation les trois vieilles filles ont été arrêtées et maintenues en détention – car il semble peu probable qu'elles soient entrées armées dans ce genre d'établissement pour commettre un délit passible d'une quelconque peine. Il semble que ce soit celui de port et d'utilisation d'armes prohibées. Seulement les jeunes filles qu'elles ont contribué à faire sortir, affirment n'avoir entendu aucun coup de feu, alors que leurs geôliers prétendent le contraire.

Ce procès intervient dans un contexte particulier, lié à la découverte d'un antidote que l'on considère définitif contre le virus HIV, et à l'ambiance mondiale de liesse que cette nouvelle a provoquée. Les faits invoqués ici s'étaient produits le lendemain même de cette annonce historique.

La fille reposa le journal. Elle avait lu l'article d'une voix aussi haute que distraite.

– Evidemment, ils ne parlent pas des manifestations devant le tribunal où doit se tenir ce procès bidon, dit-elle.

– Pour ce que ça change, dit un type non loin d'elle.

Ils étaient cinq dans la cellule. Deux garçons, trois filles. Cinq jeunes vauriens pas très futés, sapés comme les cloches qu'ils étaient, dont deux des filles avaient été prises en flagrant délit de vol à l'étalage dans un magasin de luxe. Les trois autres faisaient dans la dépouille, le vidage de poches et autres menus larcins. Tous avaient atterri dans la cellule presque au même moment.

Cette cellule ne comptait aucun endroit où s'asseoir ou s'allonger. Elle se trouvait dans un poste de police du centre de Pest, le côté de Budapest situé sur la rive gauche du Danube. Le genre de poste où aucun flic ne souhaiterait être affecté ou muté. D'où le caractère morose de ceux qui passaient ou trônaient devant les cellules.

Pendant la lecture, les quatre autres avaient écouté d'une oreille tout aussi distraite.

On venait de leur balancer un des journaux du soir, afin qu'ils ne trouvent pas le temps trop long. La nuit s'annonçait longue malgré tout. Mais ils ne lisaient pas les journaux; du moins, cela n'était pas dans leurs habitudes. Ou disons qu'ils ne perdaient pas leur temps à cela. Pour eux, c'était donc une nouveauté – pas de se retrouver en cage, mais de lire ou se faire lire un article de journal.

Tous les cinq étaient mineurs et mal élevés.

– Ça commence à quelle heure? demanda l'autre garçon.

– Dans l'après-midi.

– A quelle heure?

– C'est pas marqué là-dedans. Qu'est-ce que ça peut te foutre, de toute façon? Y a pas la télé ici.

– Y a la radio.

– Y a mon cul.

– Rien à cirer.

– Je t'emmerde.

– Doucement les basses, là-dedans, fit une voix à l'extérieur.

C'était un flic qui passait.

– Hep, m'sieu! lui lança le gamin.

– Quoi? fit le flic sans s'arrêter ni tourner la tête.

– Les trois vieilles, qu'est-ce qu'elles risquent?

– De deux à trois ans de taule.

– Pourquoi? Elles ont rien fait.

– C'est pas ce que pense le procureur.

Les gosses n'en surent pas plus. Le flic disparut sans rien ajouter et les cinq tocards ne le revirent plus.

Surtout les trois dépouilleurs qui furent vite libérés, dès le matin suivant. Les deux voleuses en magasin, elles, étaient bien parties pour un séjour en maison de correction.

L'article que la fille avait lu n'apparaissait qu'en cinquième page du journal, les quatre premières étant bien entendu toutes entières consacrées à la découverte de ce fameux vaccin et à ses répercussions sur nos sociétés et les générations futures.

Dans un commissariat de bien plus grande envergure, dans le même quartier de Pest, les trois vieilles femmes furent priées d'embarquer, menottées, à l'arrière d'un fourgon de police.

A leur sortie, elles furent acclamées par une imposante foule de badauds entièrement acquis à leur cause. Elles leur rendirent leur salut, en souriant toutes gencives dehors. Apparemment optimistes et de très bonne humeur.

Avant de disparaître à l'intérieur.

Le fourgon démarra, direction le Palais de Justice. Bientôt le véhicule se retrouva sur une des principales artères de la ville, qu'il longea sur une bonne partie de sa longueur. Là, les trois vieilles femmes contemplèrent une foule en délire dont les hourras ne leur étaient pas destinés, qu'un long filet de policiers suffisait à peine à contenir et à maintenir sur les trottoirs. Il suffisait presque d'un policier déséquilibré pour que la foule commençât à déferler sur la chaussée, comme une nuée de souris, et à rendre toute circulation automobile impossible.

La fête battait bien entendu son plein, célébrant cet événement majuscule que constituait la (très) prochaine disparition du virus du Sida. Dans la foule, les trois femmes ne manquèrent pas d'apercevoir de nombreuses jeunes et superbes filles plus ou moins légèrement habillées, et leurs gorges firent entendre des bruits sourds de vague désapprobation. Les tenues et attitudes de ces créatures risquaient d'enflammer une situation qui n'avait pas besoin de l'être, pensaient-elles. Mais, se disaient également les trois détenues, ce genre de filles qui adoptaient en public des tenues provocantes, ne semblaient pas avoir conscience de la violence qu'elles attiraient sur elles... avant de la subir sans même s'y attendre. C'était là l'un des drames de l'humanité, ces êtres fragiles qui, semblait-il, dans leur bonne volonté de séduire à tout prix, finissaient par déclencher le résultat contraire, un déchaînement de violence sexuelle dans lequel elles se retrouvaient prisonnières.

Les trois prévenues n'avaient fait que remédier, à leur façon, à cet état de fait, et on les traitait comme des criminelles. Etait-ce possible? Bien entendu.

Le fourgon continua son trajet sur cinq cents mètres avant d'être contraint de bifurquer, l'affluence devenant trop forte pour continuer. Il emprunta un dédale de rues plus ou moins étroites avant de finalement s'arrêter devant l'enceinte du Palais de Justice, au bout de quinze minutes de changements de direction.

Du moins, le véhicule aborda l'esplanade du Palais, laquelle était bondée sur presque toute sa surface. Il fut accueilli par une salve d'aboiements venant de la foule, laquelle protestait contre le traitement absurde qu'une justice à deux vitesses faisait subir à trois vieilles femmes innocentes.

Un cordon de police se forma à grand-peine devant les portes arrière du véhicule pour trouver son prolongement jusqu'à l'entrée du Palais de Justice. Puis les portes furent ouvertes et les trois femmes sortirent.

Des journalistes survoltés, situés aux premières loges, leur lancèrent les questions les plus saugrenues qui soient, tandis que d'autres faisaient crépiter leurs flashes. De multiples bouquets de fleurs, lancés depuis la foule en direction des trois prévenues, avec des « Tenez bon! », « On vous aime! », « Vous êtes nos héroïnes! », « On est avec vous! », « Olga, président! » atteignirent plus ou moins leurs cibles. Ce qui déclencha une vague de rires parmi les jappements furieux. Le mitraillage général (flashes, questions et bouquets) se prolongea tout au long du trajet, qui ne s'effectua que très lentement. Les trois prévenues, du fait de leur âge avancé, avaient déjà du mal à se déplacer en pressant le pas; la situation présente n'arrangeait pas les choses.

Ce ne fut qu'au bout de cinq pénibles, houleuses et bruyantes minutes qu'elles pénétrèrent enfin à l'intérieur du Palais de Justice. Là, leur avocat, un jeune loup surdiplômé, les accueillit avec déférence et les escorta, plus six policiers en uniforme, le long de longs et larges couloirs qui puaient l'officiel et l'austérité.

– Ne vous en faites pas, leur disait-il. J'ai bossé toute la nuit dernière sur votre dossier qui ne contient aucun fait qui vous vaudra une quelconque peine. Vous n'avez rien fait!

Elles le regardèrent avec stupeur. Toute une nuit passée à compulser un dossier de feuilles blanches?

– Il est établi que presque toutes ces filles que vous avez réussi à faire sortir de cette fosse avaient été kidnappées. Elles figurent toutes, sans exception, sur une liste de personnes portées disparues depuis plus de deux ans. Tout ce que vos adversaires ont contre vous, c'est le port d'armes sans permis et le fait que vous vous en seriez servies à l'intérieur.

– C'est faux! dit l'une d'elles.

– Nous n'avons pas tiré un seul coup de feu! fit une autre.

152

– Sans compter l'agression avec arme. C'est là que ça coince un peu.

– Agression?

Les trois femmes en restèrent bouche bée.

– Le plus sérieux, c'est que l'ensemble de la police de la ville ne sera pas de votre côté, vous le savez. Selon elle, vous vous seriez substituées au corps policier. Vous faites un peu figure de justicières à la Charles Bronson. Sauf, bien entendu, que vous êtes des femmes, que vous n'avez tué personne et que votre mobile était tout sauf la vengeance.

– Qu'est-ce que ça veut dire?

– La plupart des policiers de notre jolie ville ont beau être fainéants et corrompus, ils ont horreur que de simples civils viennent se mêler de leurs affaires et se permettent de faire le boulot censé leur incomber. Ils mettront le paquet pour vous faire plonger. Votre sexe et votre âge n'y changeront pas grand-chose.

Les feuilles du dossier n'étaient donc pas si blanches que ça.

– Mais rassurez-vous. Vous n'avez rien fait à ces policiers; ils sont fous furieux mais ils ne peuvent donc rien contre vous. Aucun citoyen de part ce monde ne s'est jamais retrouvé en prison sous le simple prétexte qu'il a effectué le travail d'un autre, même sans son autorisation, et croyez-moi, ce n'est pas maintenant que ça va commencer.

« Surtout que si vous allez vraiment en prison, c'est toute la ville, voire tout le pays, qui va exploser, parce que ce sera le triomphe, étalé au grand jour, de la corruption sur l'acte citoyen. Personne ne le supportera, même ces flics qui vous veulent tant de mal et qui ne pourront plus se regarder dans une glace sans être pris de convulsions.

Les trois femmes se regardèrent, semblant se demander à quoi rimait ce numéro. Ou alors cet avocat était trop jeune pour comprendre comment fonctionnaient les flics, et trop sûr de lui parce qu'il était avocat.

Ils finirent par s'arrêter devant une porte, et les trois prévenues furent démenottées. Puis l'un des flics leur ouvrit la porte. Elles entrèrent, suivies de l'avocaillon et de deux des six flics, les quatre autres restant à l'extérieur.

L'accueil fut un peu moins chaleureux que précédemment. Il y eut de nombreux applaudissements mais l'on pouvait distinguer très distinctement, dans l'assistance assise, plusieurs personnes qui n'avaient pas bougé et qui dardaient sur les trois femmes des regards dénués d'aménité. Certains de ces regards provenaient de femmes, plus ou moins jeunes, plus ou moins jolies. Des prostituées volontaires, qui avaient travaillé à plein temps dans ce foutoir sordide de leur plein gré, qui y étaient même logées, nourries et blanchies et qui ne goûtaient donc pas trop leur « liberté » retrouvée.

Car elles s'étaient tout à coup retrouvées sans travail ni ressources, et quasiment à la rue. Il allait leur falloir effectuer tout un tas de démarches pesantes pour retrouver du travail et cette perspective les déprimait fortement.

D'autres de ces regards assassins provenaient de policiers touchés dans leur amour-propre de flics qui se prenaient pour plus intelligents et courageux que les autres parce qu'ils étaient flics et portaient un insigne. Un orgueil qui venait donc d'en prendre un sacré coup sur la cafetière.

Ce que les trois vieilles femmes remarquèrent principalement en s'avançant, ce furent une quantité non négligeable de caméras placées dans les quatre coins de la pièce, et pas seulement. Des caméras de télévision. Elles se sentirent soudain tout émoustillées: elles allaient passer à la télé, dans une vraie émission, et on les entendrait parler de choses sérieuses.

Elles prirent place aux premières loges, du coté gauche du petit couloir central, face au juge et aux jurés. Il n'y avait personne du côté droit, hormis le procureur qui représentait les forces de l'ordre. Lesquelles forces de l'ordre s'étaient placées en masse derrière lui.

Le juge déclara les hostilités ouvertes en tapant de son marteau sur sa table. Puis l'une des trois accusées fut appelée à la barre. Comme elle ne fut pas précisément nommée, elles se regardèrent en s'interrogeant des yeux avant que l'une d'elles ne se décidât, d'assez mauvaise grâce, à se lever et à se traîner à la barre, sous quelques applaudissements.

Le procureur se leva à son tour et se planta devant elle. Il leva son bras droit, sa main à hauteur de son visage, la paume tournée vers elle.

– Jurez-vous de dire la vérité, toute la vérité, rien que la vérité?

La femme sourit légèrement, se demandant s'il poserait cette même question aux flics qui seraient appelés à témoigner, au cas où cela se produirait.

– Je le jure, répondit-elle solennellement.

Plantée devant son poste, une autre femme sourit elle aussi.

Elle était plus jeune, trente-cinq ans, brune, jolie dans son genre. Le genre de femme qui, à son âge, se bat pour gagner sa croûte autant que pour élever une marmaille bruyante. Mais Monica Vladeva n'avait eu qu'un seul enfant, bien qu'elle n'ait jamais été mariée. Comme elle n'avait donc jamais eu une vie sexuelle intense, le Sida ne la concernait pas vraiment (même si elle y avait été confrontée de près) et la nouvelle de la découverte d'un vaccin ne la transportait pas outre mesure. Pas comme cela le devrait. Elle en était même plus contrariée qu'autre chose. Elle ne l'avait donc pas célébrée spécialement, avec toutes les démonstrations d'usage. Tout juste s'était-elle rendue, la veille, chez des amis pour la journée. Elle avait accepté car elle avait surtout eu besoin de se changer les idées. Elle était sortie avec les oreilles qui sifflaient et bourdonnaient si fort qu'elle avait cru être devenue sourde.

Elle savait déjà que ce procès était une farce, une jolie mascarade. Un truc monté comme une sitcom ou une émission de télé-réalité, à la différence près que ceci était vraiment du direct. Ce qui ne changea pas grand-chose à ses yeux. Elle avait zappé plusieurs fois et avait trouvé ce procès retransmis non sur une seule chaîne, mais sur plusieurs. En réalité, sur les chaînes principales que contenait le réseau télé hongrois. Elle savait donc que ce procès serait délibérément prolongé, sur une ou deux semaines – peut-être plus –, et divisé en épisodes quotidiens d'une durée d'un peu moins d'une heure. Avec bien entendu un seul et unique objectif, le taux d'audience. L'influence américaine avait encore frappé.

Depuis la nouvelle de la découverte du vaccin, elle avait beaucoup lu, surtout des articles de journal, et était tombée sur des trucs pas possibles. Par exemple, le cas d'une femme séropositive et cardiaque, soignée dans l'un des plus grands hôpitaux de la ville. L'annonce de la nouvelle avait provoqué chez elle une telle excitation que la malheureuse avait presque tout de suite succombé à un infarctus. Ou celui d'un homme, séropositif lui aussi, dont l'état entrait dans sa phase terminale, et qui avait pu – du fait de sa condition – être vacciné rapidement, un privilège logique. Le lendemain, à peine sorti de l'hôpital, il avait été brutalement agressé par d'autres personnes séropositives, qui l'attendaient au tournant et qui en voulaient à son sang, histoire sans doute de gagner du temps – les listes d'attente ayant tendance à se prolonger à l'infini. Armées de seringues, elles l'avaient immobilisé au sol puis lui avaient tour à tour prélevé de force des masses de sang, s'attaquant à à peu près toutes les parties de son corps, son visage y compris. L'agression n'avait duré qu'une demi-minute, laissant le pauvre homme exsangue, se tordant et hurlant de douleur sur le trottoir, se tenant les côtes, les jambes, le ventre, le dos, la tête, même les pieds... un peu tout en même temps. Il avait dû se faire réadmettre dans l'hôpital qu'il venait à peine de quitter. Le meilleur, c'est que certains des auteurs de l'agression s'étaient par la suite retrouvés... à l'hôpital, des incompatibilités sanguines ayant provoqué des complications inattendues qui n'avaient aucun rapport avec la maladie.

L'un n'allant pas sans l'autre, des tentatives d'escroquerie avaient aussi été signalées, notamment des charlatans qui se disaient anciens malades ou anciens employés de laboratoire, et qui avaient cru pouvoir faire fortune en vendant des doses supposées de vaccin, dans la rue ou sur Internet.

Monica se leva et passa dans la cuisine, histoire de préparer son déjeuner. Là, elle se mit à marmonner toute seule. Le seul enfant qu'elle avait eu était mort du sida moins de trois semaines auparavant. C'était un jeune garçon de dix-huit ans, qu'elle aimait profondément et qui le lui rendait au centuple. Le fait qu'il aurait pu être sauvé la rendait malade d'amertume et de chagrin. Il s'en était fallu de trois malheureuses semaines... Bien évidemment, le décès trop « rapide » de son fils n'avait pas fait le bonheur des quotidiens, même si certains journalistes avaient été présents aux funérailles du gosse.

L'adolescent avait été contaminé par une prostituée qui, du fait de son jeune âge, lui avait fait une fleur en lui accordant une passe à l'œil. Sa faible constitution et son quotient intellectuel peu élevé ne le rendaient pas très populaire parmi les filles de son lycée. Comme l'idée de perdre son pucelage le démangeait, il n'avait pas hésité à sauter le pas. La professionnelle était à peine plus âgée que lui (vingt ans), ce qui l'avait un peu rassuré, suffisamment pour qu'il ne se dérobât pas quand elle lui avait déclaré qu'elle avait le Sida. Ils s'étaient bien entendu protégés mais le préservatif qu'ils avaient utilisé avait été rendu perméable par l'usage d'un lubrifiant à base de graisse. Ayant perdu une bonne partie de son étanchéité, le préservatif n'avait pas pu empêcher le virus de se transmettre pendant le rapport.

Du fait des faibles capacités physiques de l'adolescent, celui-ci était tombé rapidement malade. Sa mère l'avait emmené à l'hôpital et là, le diagnostic avait été sans appel. Le système immunitaire de l'adolescent était si insuffisant que son état s'était vite dégradé, à la manière du personnage joué par Tom Hanks dans le film *Philadelphia,* pensa-t-elle. L'un de ses films préférés.

Monica pensa au père de l'enfant, un beau gosse, bien balancé, beau parleur, le baratineur classique. Quand elle lui avait annoncé sa grossesse, il avait simulé un bonheur intense avant de prendre la tangente, comme un voleur, dès le lendemain, avant même le lever du soleil. Et bien entendu il n'avait plus jamais refait surface depuis, encore moins pendant l'agonie de son fils. Elle préféra ne pas se rappeler ce qu'elle avait ressenti à l'époque, son chagrin présent était déjà bien suffisant. Mais elle avait pensé à avorter, se disant que cela aurait peut-être incité son homme à réapparaître, à revenir à ses côtés. Le temps d'y réfléchir, il avait été trop tard. Elle avait donc dû garder le bébé, en se disant qu'elle lui trouverait un père de substitution. Qu'elle n'avait jamais trouvé.

Voilà pourquoi la nouvelle de la découverte du vaccin l'irritait plus qu'autre chose. C'était une nouvelle de première, mais qui était survenue trop tard pour sauver son unique enfant. Un rien trop tard. Les bonnes choses arrivent toujours trop tard, se dit-elle. Elle pensait d'abord à son fils, qui n'avait eu aucune chance. Elle s'était bien entendu renseignée sur la maladie et sa période d'incubation. D'ordinaire un séropositif pouvait porter le virus pendant de nombreuses années sans montrer de symptômes. Lesquels n'avaient pas tardé à apparaître dans le cas de son fils, qui avait été emporté en un peu plus d'un an.

Ce n'était pas juste, pensa-t-elle. Elle eut l'impression d'être la victime d'une conspiration, d'avoir été perpétuellement privée, depuis le début, de toutes ces choses auxquelles le premier venu a normalement droit. Le droit de se trouver un bon compagnon, de se marier, d'être heureux, d'avoir des enfants normalement constitués, capables de se battre naturellement contre une quelconque maladie. Cela n'avait pas été faute d'avoir essayé, loin de là.

Bien sûr, elle vivait bien. Elle était couturière de mode et gagnait beaucoup d'argent, en tout cas assez pour vivre décemment. Elle n'était pas moche. Loin de là, même. Pour son âge elle faisait plus que se défendre, elle avait la taille mannequin et l'avait bien conservée. Son pouvoir de séduction était là, elle pouvait encore s'en servir. Mais elle n'avait jamais été très douée dans cet art pourtant pas très compliqué, surtout dans son milieu. Il fallait donc qu'on la séduise, et les seuls à pouvoir le faire devaient à tout prix ressembler à Alain Delon ou à Tom Cruise.

Du coup le fait qu'elle ne manquait de rien ne l'empêcha pas de ressentir un grand vide. De manquer de « quelqu'un ».

Elle était seule et en deuil.

La bonne femme à la barre se nommait Anna Padonkova. 71 ans, et aussi décatie qu'alerte. Après avoir prêté serment, elle se laissa choir dans le box avec soulagement.

Après les civilités d'usage, le procureur attaqua bille en tête:

– Madame Padonkova...

– Mademoiselle.

Rires dans la salle.

– Mademoiselle Padonkova, pourriez-vous nous dire ce qui a motivé, chez vous et vos deux amies, une telle intervention?

– Le désir de bien faire et de rendre service à nos concitoyens, tout simplement. Parfois, pour y arriver, les circonstances nous obligent à agir de manière un peu brutale.

– De quel genre de circonstances parlez-vous?

– Je pense que certaines personnes ici sont là pour en témoigner.

– Elles ne sont pas à la barre. Répondez à ma question.

– Eh bien, supposez que votre fille se fasse enlever, et que la police montre peu de bonne volonté pour la retrouver, alors qu'elle a les moyens et les armes pour le faire, que feriez-vous?

– Ce n'est pas de ma fille dont il s'agit, et vous n'avez toujours rien expliqué.

– Nos actes et les résultats parlent d'eux-mêmes, inutile de vous faire un dessin.

– Avez-vous un permis de port d'armes, madame?

– Mademoiselle. Ces gens qui séquestraient toutes ces filles, en avaient-ils le permis?

Un rire bruyant traversa toute l'assistance. Le juge dut taper du marteau sur son bureau pour ramener le silence.

Le procureur prit une longue inspiration.

– Ces gens dont vous parlez seront punis, je pense que vous le savez.

– Pourtant vous semblez les défendre.

– Avez-vous un permis de port d'armes? répéta le procureur.

– Non, je n'ai pas de permis de port d'armes. Quoi, nous sommes jugées uniquement pour cela?

– Madame...

– Mademoiselle.

– Mademoiselle, vous êtes là pour répondre aux questions, et non pour en poser.

– Pardon.

– Vous avez parlé du désir de bien faire... vous pensiez vraiment pouvoir bien faire les choses munies d'armes de gros calibre, chargées à bloc, dans un endroit sordide, si mal fréquenté?

– Les choses se sont bien passées, donc je présume que oui.

– Avez-vous suivi un entraînement spécial, avant de faire votre petite expédition?

Elle haussa les sourcils.

– Un entraînement? Mais non. Pourquoi?

Le procureur garda un moment le silence, à dessein.

– Vous n'avez pas eu peur, une fois à l'intérieur, de

passer pour une novice, pour quelqu'un qui ne sait pas se servir correctement d'une arme d'un tel calibre, qui sait encore moins la tenir correctement?

– Non.

– Vraiment? Et vous n'avez jamais craint de vous faire déposséder de cette arme, et de vous faire attaquer à votre tour?

– Non...

– Vous n'avez vraiment jamais eu peur que la situation se retourne contre vous et devienne irréversible?

Elle secoua négativement la tête, légèrement.

– Et je présume, non plus, que vous n'avez jamais craint de blesser, voire de tuer quelqu'un accidentellement?

– Je ne suis pas un paquet de nerfs, je présume donc que non.

– Où vous êtes-vous procurées ces armes, mademoiselle?

– Chez des amis.

– Elles n'appartiennent à aucun membre de votre famille proche?

– Pas du tout.

– Vous ne les avez donc pas achetées dans une armurerie?

– Sans permis, ce serait difficile.

– Bien entendu. Pourriez-vous nous donner le nom de vos amis?

– Certainement pas.

– Vous êtes sous serment, mademoiselle.

– Le fait d'être sous serment n'autorise pas la délation.

– Vous semblez en savoir un bout, en matière de droit...

– Objection! lança l'avocat.

– Rejetée, fit le juge.

– Qu'il en vienne aux faits, et qu'il cesse de tourner autour du pot et d'influencer le témoin!

– C'est ce qu'il va faire. (Se tournant vers le procureur.) N'est-ce pas?

– Absolument. (A Anna.) Vous savez certainement que les gâchettes de ces fusils sont sensibles, elles partent comme un rien. Imaginez que le coup soit parti accidentellement, que se serait-il passé, d'après vous?

– J'ai fait en sorte qu'une telle chose n'arrive pas. Et même si un coup de feu avait été tiré, accidentellement ou pas, cela ne nous aurait pas empêchées de garder le contrôle de la situation. Bien au contraire.

– Comment cela?

– Parce que cela aurait démontré que nous n'étions pas là pour jouer à la marelle.

– Ce jeu n'est plus de votre âge.

– Ils n'auraient pas cherché à nous tomber dessus après cela. Simple, élémentaire même, question de psychologie.

– Merci pour la leçon. Je pense personnellement que vous sous-estimez ces gens à qui vous aviez affaire, à l'intérieur de cet hôtel spécial. Eux non plus, ne jouaient pas à la marelle.

– Moi, je suis d'avis que c'est vous qui les surestimez. De toute façon, s'ils nous avaient maîtrisées, ç'aurait été tant pis pour nous, point à la ligne. Au moins nous aurions essayé. Nous ne nous sommes pas dégonflées.

– Vous insinuez que vous cherchiez en partie à vous sacrifier, comme ça? Pour des jeunes filles séquestrées que vous ne connaissiez pas, que vous n'aviez même jamais vues en photo?

– Où voulez-vous en venir, monsieur le Procureur? lui demanda le juge.

– Je cherche toujours à savoir ce qui a motivé ces trois femmes. Pourquoi ont-elles fait cela? Nous ne savons pas. Nous sommes tous là à saluer leur courage, leur bravoure, leur sens du devoir et de la citoyenneté, c'est très bien, mais quelle était leur motivation? Nous l'ignorons. Est-ce qu'elles-mêmes le savent? Si oui, ont-elles vraiment l'intention de nous éclairer sur ce point? Qu'est-ce qui a pu pousser trois fragiles vieilles femmes à s'armer jusqu'aux dents pour partir en croisade dans un endroit aussi dangereux, aussi mal famé, dans lequel elles n'étaient jamais venues auparavant et qui aurait pu devenir leur tombeau?

– Vous devriez poser ce genre de question aux personnes que vous défendez, lança-t-elle, et qui effectuent souvent ce genre de descente dans ce genre d'endroit mais sans jamais descendre plus bas que le rez-de-chaussée.

– Qu'est-ce que vous en savez, mademoiselle?

– J'en sais plus que vous sur ce point, c'est certain.

– Et je peux savoir ce qui vous fait dire cela?

– Je suis une femme.

Après cet échange, Monica eut la quasi-certitude que ce procès était quelque part truqué, arrangé à l'avance. Le procureur aurait pu pousser son interrogatoire plus avant, lui demander en quoi le fait qu'elle était une femme avait une quelconque importance. Au lieu de cela, il s'était contenté du simple et classique « Je n'ai plus de questions, Votre Honneur », et s'était retiré.

Par la suite l'avocat s'était complu dans la guimauve, accumulant les questions les plus banales et passe-partout, caressant ses clientes et l'assistance dans le sens du poil, jusqu'à ce que le juge, qui commençait

164

lui-même à somnoler, n'ajournât l'audience, renvoyant la suite du procès au lendemain.

Elle zappa deux-trois fois et tomba sur un film d'action américain violent, qu'elle prit (malheureusement) sur sa dernière scène et son dernier meurtre. A peine trois minutes plus tard, le générique de fin se mit à défiler.

Elle soupira, éteignit le poste, se leva, quitta le salon et entra dans une pièce dont elle se servait comme atelier, et alla à sa table de travail derrière laquelle elle prit place.

L'appartement était un assez grand trois-pièces, qui contenait donc deux chambres. Depuis le décès de son fils, elle dormait dans la chambre qu'il occupait jadis et avait réquisitionné la sienne propre, qu'elle avait convertie en atelier de travail.

Elle se remit à l'ouvrage sur une robe rouge échancrée, destinée à la haute couture, qu'elle avait elle-même conçue. Ses patrons, ou plutôt ses patronnes, séduites par ses plans, lui avaient illico donné carte blanche. Elle avait commencé seule, et elle comptait bien finir de même. C'était sa création, son monstre, qu'elle exhiberait ensuite parmi d'autres dans une espèce de foire style défilé, tel un phénomène, avec mannequins anémiées et photographes voyeurs à l'appui. Le rouge, de plus, semblait parfaitement coller avec ce nouvel antidote anti-HIV, tout un symbole. Un symbole de couleur rouge, que l'on s'apprêterait à retourner, pour qu'il forme une espèce de V de la victoire. Sa longue pratique lui donnait une assurance d'orfèvre. Ce fut donc sans aucune difficulté notoire qu'au bout de dix minutes de travail intense, elle...

... se releva avec un nouveau soupir, la tête ailleurs. Elle venait de faire une fausse manœuvre. Elle éteignit la machine à coudre, quitta la pièce, se dirigea vers la porte d'entrée, enfila son manteau, prit ses clés et son sac et sortit.

Elle marchait paisiblement, sans vrai but, sans se presser. La nuit tombait. Il faisait un temps idéal. Idéal pour débloquer et faire la fête. Peu s'y trompaient, l'air était empli de cris, de bruits de pétards, de coups de klaxon et autres joyeusetés. Un feu d'artifice était déjà prévu dans la soirée, tout le long du Danube. Et ce ne serait pas le premier. Cependant la rue sur laquelle Monica circulait n'affichait pas complet, loin de là. L'affluence était plus que clairsemée, ce qui permit à quelques jeunes excités qui passaient, garçons et filles, de la saluer par des cris appuyés de joie comme ils la croisaient, ce qui la fit sourire. Elle savait qu'elle tranchait un peu dans la mêlée. Ils la voyaient déambuler seule sur le trottoir et elle eut presque l'impression qu'ils les invitaient à se joindre à eux et à communier dans le même élan. Leur bonheur était largement compréhensible. Tous ces jeunes couples qui passaient allaient désormais pouvoir s'accoupler normalement, sans avoir la trouille, sans avoir à prendre de pénibles précautions, sans avoir à passer des tests systématiques, sans avoir à se surveiller et se soupçonner les uns les autres. Bref, ils étaient bénis, ce vaccin tombait pour eux vraiment au bon moment.

Monica trouva ça un peu moins drôle quand l'un de ces chauds lapins lui mit la main aux fesses. D'instinct elle lui balança son sac à la tête, en lui criant:

– Je pourrais être ta mère, hé, jeune tronc!

Mais l'autre était tellement allumé qu'il ne parut rien sentir ni entendre. Il s'éloigna en braillant à tue-tête, en continuant de faire tourbillonner ses mains baladeuses.

Elle ricana et reprit sa marche, le menton dressé. Elle

tourna la tête et aperçut, de l'autre côté de la chaussée, ce qui devait ressembler à une enseigne d'armurier. Le magasin était fermé. Elle songea qu'elle avait un permis de port d'armes et se demanda s'il était périmé ou non. Elle se promit de vérifier en rentrant.

Dix minutes de semi-errance plus tard, alors que les clameurs augmentaient en intensité au fur et à mesure que le ciel s'obscurcissait, Monica pénétra, sans s'en rendre vraiment compte, dans un vidéoclub dont l'enseigne tapageuse l'avait attirée comme un aimant.

L'établissement était pourtant de troisième zone. Elle en visita tous les rayons, de la comédie au film de guerre en passant par les tragédies, les polars, les pornos, les films d'horreur, les bluettes et les documentaires, avant de se retrouver face à la caisse.

– Oui? fit le caissier.

Monica s'examina. Elle n'avait rien à payer.

– Excusez-moi, dit-elle en secouant la tête.

Elle tourna les talons et s'éloigna. Elle aborda ce qui semblait être un vendeur mobile, ou un intendant.

– Excusez-moi, répéta-t-elle.

– Madame?

– Mademoiselle.

– Excusez-moi.

– Je cherche des films, disons... des films policiers noirs, violents.

– Vous en trouverez toute une cargaison dans le rayon policier, dit-il en pointant un doigt.

– Je veux dire, des films qui racontent un certain genre d'histoire, précisa-t-elle.

– Quel genre? demanda le type en prêtant l'oreille.

– Eh bien... (Monica parut clairement embarrassée.) ... des histoires de personnages seuls, isolés, qui... (elle hésita) ... qui deviennent fous et se mettent à tirer sur les gens, comme ça, dans la rue, enfin...

– Des histoires de vengeance, plutôt?

– Hmm... pas obligatoirement.

– Bon... je crois avoir ce qu'il vous faut.

Il se mit en marche et elle le suivit.

Bientôt elle se retrouva de nouveau devant la caisse, avec cette fois des articles à payer. Elle prit un abonnement, ce qui lui permit d'emporter les DVD à louer le temps de vingt-quatre heures, et sortit.

Monica allait passer la soirée chez elle à regarder des films sanglants, quand le plus grand nombre en ville, en tout cas une très majeure partie, allait la passer dehors, à contempler le feu d'artifice le long du Danube, à hurler dans les rues, à se défoncer en boîte de nuit et à dérober des portefeuilles et autres sacs à main en douce dans la foule. Elle n'était vraiment pas d'humeur à ça. D'ailleurs de sa vie elle n'avait jamais passé une seule nuit blanche à faire la fête. Et ce soir-là elle avait besoin de ressentir des sensations fortes, inversement proportionnelles.

Elle visionna trois films à la suite et ne s'endormit qu'à quatre heures du matin, pour ne se réveiller qu'en début d'après-midi.

Des trois films qu'on lui avait donnés en location, deux étaient célèbres, le troisième beaucoup moins. Mais c'était celui-là qu'elle avait préféré. Parce que le personnage principal était une femme, comme elle. Parce qu'elle était couturière, comme elle. Et le fait qu'elle était handicapée (muette) la rendait encore plus vulnérable. Monica n'avait donc eu aucune difficulté à s'identifier à elle. Non seulement cela, le film était une petite merveille. [3]

3. Il s'agit probablement de *L'Ange de la Vengeance* (*Ms. 45*), film américain réalisé par Abel Ferrara et sorti en 1981.

Elle alla à la cuisine et mit son café à chauffer avant de passer au salon et d'allumer le poste de télévision.

– ... J'ai été jeune, moi aussi, vous savez.

La bonne femme à la barre s'appelait Elena Donkonbaïeva. 73 ans. Décatie et déterminée.

– Bien entendu, chère madame, dit l'avocat.

– J'ai eu vingt ans il y a cinq décennies bien tassées et avant même mes 18 ans, j'ai été abordé de nombreuses fois par des individus plus que louches qui m'ont fait des avances toutes plus tordues les unes que les autres.

– Des inconnus...?

– Toujours.

– Vous étiez une jolie fille...?

– J'étais attirante. Oui, j'attirais les hommes. Même si je ne le faisais pas vraiment exprès.

– Attirer les hommes, était-ce votre... votre métier?

Elle secoua la tête.

– Je n'ai jamais exercé de fonction de ce type. Exploiter le désir sexuel pour en tirer de l'argent ne m'a jamais traversé l'esprit. Je trouve ça mesquin et immoral.

– Quel métier exercez-vous?

– J'ai été fonctionnaire toute ma vie.

– Etes-vous retraitée?

– Tout à fait.

– Vous avez été mariée?

– Deux fois.

– Des enfants?

– Bien entendu.

– Des grands-enfants?

– Oui, dit Elena en souriant. Plein.

– Quel âge ont-ils?

– J'en ai neuf, dont l'une, une fille, a vingt-trois ans, un garçon en a dix-neuf, les autres sont grands mais encore mineurs.

– Je suppose que cet antidote est pour eux une très grande nouvelle...

– C'est énorme. Je suis très heureuse pour eux tous.

– Vous êtes heureuse?

– Oui.

– Même en ce moment?

– Oui. Je suis toujours heureuse. Il peut m'arriver n'importe quoi, ça n'a pas grande importance maintenant.

– Pourquoi?

– A mon âge on ne pèse plus trop lourd dans la balance.

– Uniquement pour cette raison?

– Nous devons d'abord penser à notre jeune génération, c'est elle qui fait tourner le monde. Et cette génération est en train de découvrir un monde nouveau, différent, empli de joie et d'une nouvelle sérénité, qui incite à l'optimisme, et rien que pour ça on est en droit d'être heureux. Mais aussi parce que même à nos âges nous avons réussi à démontrer, mes amies et moi, que l'on pouvait encore se dépasser, qu'il était également possible d'ouvrir l'horizon d'autres personnes totalement inconnues, dont le sort ne prêtait pas à sourire.

– Et vous ne pensez pas que c'est du ressort de la police?

– La police ouvre et ferme les dossiers qu'elle veut.

– Etes-vous entrée en contact avec ce milieu sordide, à un moment ou à un autre de votre vie?

– Oui, comme je vous l'ai dit, quand j'étais jeune on m'a tendu des mains que je n'ai pas voulu prendre. Je suis certaine que nombre de ces mains, si ce n'est pas toutes, trempaient dans cette vase. J'ai eu de la chance, aucune de ces mains ne m'a prise de force pour m'emmener là où je ne voulais pas aller.

– Bien entendu vous savez que d'autres filles n'ont pas eu la même chance que vous.

– Bien entendu. Tellement d'autres.

– Ces mains qu'on vous a tendues, ces propositions qu'on vous a faites, dans quel genre d'endroit cela se produisait-il?

– Dans la rue, en pleine nuit. Ou dans des endroits publics. Notamment des bars ou des discothèques.

– Toujours en pleine nuit?

– Surtout la nuit. Les discothèques n'ouvrent que la nuit.

– Comment faisiez-vous pour distinguer les bonnes propositions des mauvaises?

– Je ne faisais aucune distinction, vu que je les rejetais toutes. Mais je peux vous dire que toutes ces propositions étaient tout sauf bonnes. Je ne suis pas stupide, je n'ai aucune raison d'avaler les boniments d'un type que je n'ai jamais vu et qui lui-même ne sait rien de moi et de mes compétences professionnelles.

– Comment notre société a-t-elle évolué, d'après vous? Depuis cinquante ans?

– Elle était déjà très dure à l'époque. Aujourd'hui, c'est impitoyable. Mais de manière générale, le monde a toujours été sans pitié pour les faibles.

– Vous vous êtes donc senties le besoin de faire quelque chose?

– Hmmm... (Elle haussa les épaules.) Oui, en quelque sorte.

– Quel était votre but, en vous introduisant armées dans cet endroit?

– Nous savions que de nombreuses filles étaient enfermées là-dedans et n'en sortaient quasiment jamais, sauf pour faire le trottoir. Nous voulions les sortir de là et la seule manière d'y arriver, c'était la force. (Une vague de murmures traversa la salle d'audience.) Une force au moins égale à celle qu'ils employaient pour garder ces pauvres filles sous leur pouvoir.

– Comment le saviez-vous?

– Tout le monde connaît le sort réservé à ces filles. Mais tout le monde fait semblant de ne rien savoir, et tout le monde se tait, personne ne bouge.

– Pourquoi n'en avez-vous rien dit à la police?

– Pour la raison que je viens de vous donner.

– Mais encore?

– Ils auraient exigé de nous des preuves, comme des noms, des photos, que nous ne pouvions bien évidemment pas fournir. Ils nous auraient même peut-être soupçonnées de complicité en nous demandant comment on avait pu être au courant de telles choses. Nous sommes âgées, et les femmes âgées peuvent être soupçonnées d'être mêlées à ce genre de trafic, d'en tirer quelques ficelles. Dans tous les cas, ils seraient restés les bras croisés, en prétextant le manque d'éléments tangibles.

– Vous avez donc agi seules.

– Absolument.

– Pourquoi l'avoir fait maintenant, au moment de la découverte de ce fameux antidote? Pourquoi ne pas l'avoir fait plus tôt?

– Je ne pense pas être qualifiée pour répondre.

Et elle jeta un regard complice à la troisième prévenue.

– Merci, Elena, dit l'avocat. Merci infiniment. (Puis, au juge:) Je n'ai plus de questions, Votre Honneur.

Il retourna à sa place, le juge regarda sa montre et ajourna l'audience en faisant la grimace.

Le délai de cinquante minutes était passé. Il avait

empiété sur l'horaire prévu. Tous les responsables des programmes des chaînes de télévision allaient lui passer un savon de première.

Monica apporta les dernières touches à son déguisement. Elle s'estimait plutôt satisfaite. Avec un peu de chance, tout le monde n'y verrait que du feu.

Elle était à l'ouvrage depuis un peu plus d'une heure, se concentrant non sur son corps mais sur les vêtements qu'elle allait porter.

Des vêtements pour hommes.

Il s'agissait de ceux de son fils disparu, qu'elle avait conservés jusqu'au dernier et qu'elle comptait bien garder aussi longtemps que ça lui chanterait. Elle et lui étaient à peu près de la même taille et de physionomie similaire, du coup chacun aurait pu porter les vêtements de l'autre.

C'était ce qu'elle allait faire maintenant, en vue d'une certaine « expédition ». Elle avait pioché dans la garde-robe du gosse et choisi les vêtements types de l'adolescent qui arrive à maturité, prêt à partir à un rendez-vous professionnel ou galant: pantalon de ville ou jean bleu propre et repassé, T-shirt blanc sportif ou musical genre rock, chemise à manches longues, chaussures de basket ou de tennis. Elle avait essayé de multiples combinaisons; perfectionniste comme devait l'être n'importe quelle couturière, elle en avait changé plus souvent et plus vite qu'à son tour. Elle devait ressembler le mieux possible à un garçon, de préférence à l'âge adulte.

Dès qu'elle eut trouvé la tenue qui convenait le mieux pour ce genre de circonstance, elle s'était reportée sur son visage. Là, c'était encore plus simple: pas une touche de maquillage classique pour femmes, mais une moustache postiche et un maquillage noir genre cirage pour simuler une barbe de deux jours. Ses cheveux courts feraient le reste.

Elle se regarda dans la large glace de sa salle de bain et se dit qu'elle passerait assez remarquablement pour un jeune homme de vingt-cinq ou trente ans environ. Elle avait intérêt à y arriver. C'était la première fois qu'elle se travestissait et cela la mettait un peu mal à l'aise.

Le plus gros problème serait sa voix. Réussirait-elle à la travestir suffisamment pour que l'illusion soit parfaite? Elle se remémora les rares fois où elle imitait la voix de son fils devant lui, pour le taquiner. Les rares fois, car la voix de l'adolescent était normale, n'avait rien de risible. Elle se mit à parler, singeant la voix de son fils. Elle s'entraîna cinq minutes durant jusqu'à ce qu'elle jugeât l'imitation suffisamment convaincante. Tout en gardant à l'esprit le fait qu'elle avait trente-cinq ans.

Satisfaite, elle enfila le plus épais des manteaux qu'il possédait, histoire d'encore mieux dissimuler ses formes; puis elle s'empara des papiers de son fils, les empocha et prit la porte.

Budapest était l'une des très rares grandes villes mondiales à ne pas avoir son Guide du Routard personnel et c'était bien dommage. Non contente d'être assez somptueuse, cette ville avait un tempérament festif qui se perpétuait d'année en année et qui se répétait, voire se renouvelait, en permanence. Il se passe toujours quelque chose à Budapest, une fête, une commémoration, un festival, etc. Les Hongrois sont friands de spectacles, notamment d'opérettes, leur capitale recèle quelques-uns des monuments les plus courus et reconnus d'Europe, voire du monde, leur fierté dépasse le cadre national et bien entendu, la ville attire un nombre incalculable de touristes chaque année.

Ces touristes ne trouvaient bien sûr pas leur bonheur uniquement dans la contemplation de ces monuments et dans le fait de les filmer et de les photographier sous tous les angles et coutures. Budapest était aussi connue pour sa gent féminine, une superbe engeance aussi naïve que tentante, qui ignorait les produits siliconés et qui, poussée par la pauvreté relative, se jetait dans leurs bras, contrainte ou pas.

Inutile de préciser que les touristes leur rendaient ce joli traitement sans aucun problème. Même si certains pouvaient, à l'occasion, pousser le fantasme un peu loin.

En fin d'après-midi, alors qu'elle assistait à un de ces festivals, donné en extérieur, une touriste américaine d'un âge avancé sentit un mouvement au niveau de son épaule gauche. L'instant d'après, elle se sentit plus légère de ce côté. Normal: son sac à main avait disparu.

Elle aperçut un adolescent fendre la foule avec son sac et se mit à crier.

– Au voleur, au voleur!

Le gamin était trop rapide, néanmoins dès qu'il se fût extirpé de la masse, trois flics en uniforme et deux civils complaisants se lancèrent à sa poursuite, pendant que la vieille Yankee multipliait les appels à l'aide.

Les trois flics n'étaient plus tout jeunes et abandonnèrent rapidement la poursuite, cependant ils signalèrent le délit par radio. Ils durent s'y prendre à plusieurs fois pour se faire comprendre tellement ils étaient essoufflés, hors d'haleine.

Croyant la partie gagnée, le gosse – l'un des trois dépouilleurs du poste de police – s'arrêta de courir. Ce fut alors qu'une sirène de police se fit entendre, et une voiture fondit sur lui. Mais le gosse, rapide comme l'éclair, disparut dans une ruelle avant que le flic motorisé ait pu le coincer. Celui-ci s'extirpa de la voiture et le coursa dans la ruelle, aussitôt suivi par l'un des deux civils complaisants, ce qui le gêna fatalement. Le flic s'apprêtait en effet à sortir son arme et à le pointer sur le fuyard pour mieux lui intimer l'ordre de s'arrêter, mais l'intervention de cet hurluberlu l'en empêcha.

– Qui vous êtes, vous? lui demanda le flic d'un ton exaspéré, sans cesser de courir, sans se retourner.

– J'ai été témoin du vol, lui répondit le civil sans cesser de courir, lui non plus.

– Alors allez au commissariat le plus proche, faire une déposition, et laissez-moi faire mon boulot, vous voulez bien?

– Je ne vois pas en quoi je vous gêne, fit le civil. J'ai horreur des voleurs, c'est tout. J'ai toujours rêvé d'en choper un de mes mains.

Il était plus rapide que le flic et le dépassa sans grande difficulté, au grand dam de celui-ci et au moment où le gamin sortait de la ruelle par la droite et disparaissait de leur champ de vision. Le flic, ainsi masqué, se mit à jurer tout ce qu'il savait.

Le jeune voleur déboucha sur le trottoir au pas de course; jaugeant rapidement les voitures qui circulaient sur la chaussée, il en repéra une qui s'approchait et dont toutes les vitres étaient baissées. Il passa sur la chaussée et se jeta à travers la vitre arrière droite de la voiture en marche, s'engouffrant d'un coup à l'intérieur, juste au moment où le flic et son gêneur sortaient à leur tour de la ruelle. Ils regardèrent du côté droit et, au bout d'un moment, s'arrêtèrent de cavaler, en nage et déconcertés.

Aucun mouvement, aucune trace du chapardeur.

Le flic jeta un coup d'œil sous les voitures garées à

proximité, pendant que l'autre surveillait la circulation piétonne, des deux côtés de la chaussée. Ils ne virent rien ni personne de suspect.

Plus rien à signaler.

Monica ne manqua pas de ressentir le choc sourd à l'arrière. Elle se retourna et crut voir un fantôme. D'où est-ce qu'il sortait, celui-là?

– Dis donc, qu'est-ce que tu fous dans ma voiture? fit-elle, indignée, les yeux ronds d'incrédulité. Descends de là tout de suite!

Le voleur la regarda d'un air indifférent.

– Ne vous arrêtez pas! se contenta-t-il de dire.

Tassé sur lui-même, il regarda en arrière, ses yeux dépassant à peine du niveau du siège arrière.

– Sors de ma voiture immédiatement!

– Arrêtez-vous, alors!

Il avait raison. Elle était coincée. Elle ne pouvait pas s'arrêter; la circulation était fluide et régulière, et l'intersection suivante se faisait attendre. La voiture de derrière était dans ses pare-chocs. Si elle s'arrêtait, elle provoquerait un accrochage.

Il comprit qu'il avait réussi à semer ses poursuivants; il prit place normalement sur le siège et laissa échapper un sourire de satisfaction.

– Qu'est-ce que t'es venu faire dans ma voiture? répéta-t-elle, scandalisée. Qu'est-ce que tu veux?

– Rien, rien, rien. Au prochain croisement, je sortirai. Z'êtes contente?

Il leva la tête et regarda Monica plus attentivement, et vit qu'il avait affaire à un mec. Pourtant sa voix trahissait autre chose. Une nuance féminine. Il fronça les sourcils.

– Seriez pas travelo, vous, des fois?

Monica ne répondit rien tout de suite. Bien qu'elle conduisait, elle avait pu remarquer le sac.

– C'est à toi, ça?

– Ça?

– Oui, ça. Tu l'as piqué, hein?

– T'occupe.

– Réponds!

– Conduis et ferme-la, travelo de mes fesses.

– Sale petite merde, je t'apprendrai à me parler poliment!

Sous le coup de la colère, elle fit faire une légère embardée à sa voiture. Mais elle ne pouvait toujours pas s'arrêter, ce qui arrangea le garnement.

– C'est pas ton sac, fit-il, alors relax.

Le sac de Monica était entre les deux sièges avant, bien en vue du gosse. Elle le prit et le posa en sûreté, près de sa portière.

– Tu comptes aller loin avec ce sac? dit-elle.

Depuis le début, elle avait parlé de sa voix naturelle de femme et elle continua. Ce n'était pas pour ce jeune vaurien qu'elle se mettrait en quatre pour déguiser sa voix.

Il répondit par une autre question:

– Pourquoi t'es sapée comme un mec?

– T'es dans ma voiture, sale petit con, les questions, c'est moi qui les pose, t'entends?

– Bon, bon.

– Et puis c'est pas tes oignons.

– Jusqu'où je compte aller avec ce sac, c'est pas tes oignons non plus.

– Bien sûr que si. Tu crois que ça m'amuse de faire le taxi pour un voleur dans ton genre?

– Arrête ta bagnole au prochain croisement et qu'on n'en parle plus.

Devant un tel toupet, Monica eut un hoquet mais fut

aussi vaguement gênée; elle n'était plus qu'à deux-trois blocs de son lieu de destination.

– Et je te prie de me parler sur un autre ton! fit-elle pour masquer son embarras grandissant. Je suis pas ta maman ou ta copine, t'as compris?

Le voleur ne dit plus rien. Il était en train de regarder par la fenêtre. Budapest était sa ville, mais il n'en connaissait pas la périphérie immédiate. Ce qu'il voyait tenait pour lui de l'inédit.

Derrière, des voitures leur collaient toujours au train, ce qui obligea Monica à continuer jusqu'au prochain croisement. Elle s'arrêta et des klaxons retentirent immédiatement: il n'y avait ni feu rouge ni pancarte indiquant 'Stop'.

– Allez, dégage! rugit Monica. Et plus vite que ça!

Le gamin ne se le fit pas dire deux fois et descendit illico, avec son butin. Cette travestie commençait à le mettre mal à l'aise.

Il claqua la portière et Monica redémarra dans la seconde. Le gosse lui adressa un doigt d'honneur que Monica lui rendit via son rétroviseur.

Il passa sur le trottoir et franchit le croisement, marchant dans la même direction que Monica sans omettre de jeter quelques coups d'œil derrière lui, histoire de s'assurer qu'il était bien hors d'atteinte.

La nuit commençait à tomber, mais quelques tapineuses étaient déjà de sortie. Il s'apprêtait à atteindre le second croisement quand il tomba nez-à-nez sur l'une d'entre elles. Une sublime créature blonde, aux cheveux mi-longs, vêtue d'une unique robe blanche, aussi courte que moulante. Le gosse, aussi chapardeur fût-il, n'avait encore jamais vu pareille pépée arpenter le bitume et le choc fut considérable.

Comme tétanisé, il l'observa aller et venir lentement, longeant le coin de la rue de son air froid de professionnelle. Puis il sembla se remettre et se remit en mouvement. Il passa derrière elle et commença à traverser la chaussée, en aveugle, les yeux toujours fixés sur la créature. Celle-ci pivota de moitié et se mit à l'observer de ses yeux bleus mer vaguement soupçonneux, portés sur le sac qu'il tenait. Un sac de femme, probablement volé...

Elle marcha vers lui, il prit peur et détala. Une voiture qui passait juste à ce moment dut faire une embardée pour l'éviter.

Il passa sur l'autre trottoir et, tout en s'éloignant, ne put s'empêcher de se retourner pour la reluquer. Plus ça allait, et plus il se posait une question: qu'est-ce qu'une nunuche comme ça fabriquait à cet endroit, toute seule, à cette heure, à attendre? Et attendre quoi?

Puis le rythme de son cœur ralentit et il comprit. Il comprit en repérant toujours plus d'autres filles en train d'arpenter les trottoirs, au fur et à mesure qu'il avançait. Si elles se trouvaient là, c'était pour une bonne raison, si ce n'était plusieurs. La circulation automobile n'avait pas baissé d'intensité. De temps en temps, un véhicule s'arrêtait et une fille montait à l'intérieur. Aussi effarant que cela puisse paraître, il y avait une demande pour ces femelles incontestablement perdues.

Et du coup, il trouva sa vocation. Il sut d'emblée ce qu'il ferait plus tard, quand il serait plus grand et plus mûr dans sa tête.

Il serait proxénète.

La fille que Monica ramena chez elle ce soir-là s'appelait Irina Fodoralenko. Une poupée russe de dix-neuf ans à peine. Assez grande mais aussi jolie que frêle, blonde, enfantine. Elle donnait l'impression de pouvoir se casser au moindre choc. Monica l'avait repérée de suite, tant son allure ne révélait aucun professionnalisme, aucune réelle expérience consolidée dans ce « secteur ». Ce qui l'avait décidée dans son choix.

Bien entendu Monica était censée se rendre dans le sanctuaire d'Irina mais elle n'en avait rien fait. Irina s'en était vite offusquée et Monica avait dû jouer son rôle de client mâle à la perfection, à ses risques. Elle s'en était bien sortie, et s'était découverte une force physique insoupçonnée. Elle avait si bien maté la jeune femme qu'elle en ressentit une certaine honte. Mais elle n'avait pas eu le choix.

Elle avait également dû employer la force pour la faire sortir de la voiture et l'entraîner jusque devant sa porte. Une fois à l'intérieur, elle avait soigneusement verrouillé la porte d'entrée, puis elle avait dû la gifler plusieurs fois pour la faire taire, pour calmer une hystérie qui ressemblait fort à de la terreur.

Pourtant Monica parlait russe couramment, cela ne lui avait pas suffi pour se faire suffisamment bien comprendre, même en employant les mots les plus doux. Elle n'avait donc pas tardé à comprendre que la jeune femme était sous emprise. Qui plus est, totalement désorientée, en territoire inconnu. Craignant le pire pour elle-même. Non seulement Monica ne lui en voulait pas du tout, mais elle savait qu'elle était tombée exactement sur le genre de fille qu'elle voulait ramasser au départ: une victime intégrale, qui avait été enrôlée de force, contre son gré.

La jeune femme gisait sur le canapé, recroquevillée tel un chat pris au piège. Monica se tenait debout devant elle, impassible. Elle avait son rôle de mâle dominant à jouer.

– Tu veux quelque chose à boire? lui demanda-t-elle.

Irina lui jeta un regard brouillé à travers ses cheveux en désordre. Les gifles avaient claqué sec sur son visage qui avait viré au rouge tomate, et son nez saignait légèrement.

– Je... je veux bien, répondit-elle.

– Tu veux quoi? Thé, café, jus d'orange, Coca...?

– Un café, merci.

– Très bien. Suis-moi dans la cuisine.

– Pardon?

– Suis-moi, et pas d'histoires.

Un café devait se préparer, et Monica voulait garder la jeune fille à portée pendant le processus. Celle-ci obéit.

Progressivement Irina fut intriguée par l'attitude de Monica, et la terreur laissa place à la curiosité. Monica se comportait comme une parfaite maîtresse de maison. D'ailleurs Monica, plus ou moins volontairement, faisait reprendre à sa voix son intonation normale, si bien qu'Irina ne comprit plus rien du tout à ce qui se passait.

– Tu peux aller te rasseoir, lui dit Monica quand le café fut prêt.

Irina ignorait toujours son nom. Elle lui avait donné le sien pendant le trajet en voiture. Monica avait préféré ne pas lui rendre la politesse. Pas tout de suite.

Elle posa le plateau sur la table de la salle à manger. Ce plateau contenait deux tasses vides, à leur intention, ainsi que la cafetière et le sucre à cet effet. Puis elle alla ouvrir le battant d'une armoire et en sortit une boîte de petits biscuits, qu'elle posa sur la table et ouvrit.

– Tu peux te servir, dit-elle.

Elle versa le café dans les deux tasses, devant une Irina toujours debout, plus désorientée que jamais.

– Et assieds-toi, voyons, lui répéta Monica.

Irina tira une chaise et s'assit.

Monica resta debout un instant, le temps de l'examiner rapidement. Irina était jolie. Très jolie. Une vraie poupée, malléable à volonté.

Monica sourit.

– Reste là et restaure-toi, lui dit-elle. Je reviens dans un instant. (Le visage d'Irina se contracta légèrement.) Et n'aie crainte, je reviendrai seule. C'est promis.

Elle disparut dans sa salle de bain, en ressortit avec quelques effets de maquillage et prit place en face d'Irina.

La jeune fille n'avait toujours rien consommé. Elle regardait Monica non sans anxiété, sans rien dire, et c'était exactement ce que Monica voulait qu'elle fasse.

Alors Monica se « démaquilla »; elle enleva le produit noir genre cirage de ses joues et de son menton. Puis elle se démêla les cheveux et ôta sa fausse moustache.

La surprise d'Irina la fit presque rire.

– Monica Vladeva, déclara-t-elle. Trente-cinq ans, couturière.

Inévitablement, après cette révélation, Monica dut s'expliquer, histoire de mettre Irina plus en confiance. Elle lui avoua donc qu'elle était couturière de mode, endeuillée par la mort de son seul et unique enfant, décédé du sida juste avant l'annonce de la découverte de l'antidote, et que l'exemple de ces trois vieilles femmes qui avaient pu forcer le verrou d'un établissement clandestin du sexe, ajouté à sa propre amertume, lui avaient donné l'impulsion d'agir à son tour, de faire quelque chose. Elle assura à la jeune fille qu'elle n'était pas impliquée dans ce commerce sordide, aussi humiliant et dégradant pour les unes qu'ultrarentable pour les autres, et qu'elle ne cherchait certainement pas à en tâter le terrain.

Elle lui dit également qu'elle était hongroise, née à Budapest où elle avait quasiment toujours vécu jusqu'à aujourd'hui, et qu'elle avait appris le russe tout au long de son cursus scolaire, du lycée jusqu'à l'université et l'obtention de ses divers diplômes. Elle parlait également l'anglais, le français et l'italien. Trois langues très importantes dans les milieux très sélects de la mode et de la couture.

Pour mieux la décrisper, elle lui fit faire le tour de l'appartement. Elle lui montra la chambre de son fils, puis termina par son atelier de travail. Là, elle ouvrit un grand placard encastré dans un des deux murs latéraux, révélant ainsi des dizaines de vêtements pour femmes, surtout des robes mais aussi des pantalons légers, des tailleurs, des chemises, rangés alignés sur des cintres ou soigneusement pliés sur deux niveaux d'étagères. Tous conçus et cousus par Monica.

– Ça te plaît? lui demanda-t-elle.

Irina n'osa pas répondre. Elle était fascinée.

– Approche, dit Monica. Et n'aie pas peur, ces choses ne sont pas vivantes. Elles ne vont pas te mordre. (Irina s'approcha timidement, puis:) Fais ton choix. Prends une robe au hasard.

Irina s'exécuta, écartant les cintres l'un après l'autre, découvrant les robes qui s'offraient ainsi à sa vue. Une expression extatique se peignit sur son visage et elle se mit à glousser, sans le faire exprès. Monica pouffa, sans le faire exprès non plus.

– Ecoute, dit Monica. Choisis deux ou trois de ces robes, essaie-les toutes. Et rejoins-moi avec celle que tu préfères. Je dois m'occuper du dîner. (Monica s'éloigna d'elle, puis:) Et ne touche à rien d'autre ici, vu?

Sans laisser à Irina le temps d'approuver de la voix ou de la tête, elle quitta la pièce.

Vingt minutes plus tard, Irina rejoignait Monica à la cuisine. Elle avait opté pour un ensemble robe-tailleur bleu, sa couleur préférée. Monica n'en fut pas trop étonnée, c'était une de ses plus belles réussites personnelles. Irina semblait aux anges, totalement métamorphosée.

Monica s'approcha, lui prit la main et la fit lentement tourner sur elle-même. C'était parfait. Cet ensemble lui allait à ravir.

– Tu as l'air d'un ange, lui dit Monica. Un ange bleu.

– C'est vous qui avez cousu cette robe?

– Du premier coup de crayon au dernier coup de machine, répondit Monica non sans immodestie.

Irina baissa la tête et se contempla.

– Je n'ai jamais rien porté d'aussi beau, fit-elle.

– Je te remercie. (Monica retourna à ses casseroles.) Tu as faim?

– Pourquoi faites-vous ça pour moi? demanda soudain Irina.

– Mais je ne fais rien pour toi, ma belle. C'est juste ma façon à moi de satisfaire les petites racoleuses que j'embarque dans ma voiture. J'espère que tu ne prendras pas trop cher.

Irina se mit à rire. Elle avait un rire de petite fille innocente. Monica en fut passagèrement touchée. Cela lui rappela l'époque où elle était elle-même une jolie jeune fille innocente et crédule, à qui on pouvait faire avaler n'importe quoi. Une époque dont elle gardait évidemment un souvenir mitigé. Elle sourit jaune.

– Vous voulez dire que je ne suis pas la première pute que vous amenez ici? demanda Irina.

Monica la regarda avec tendresse.

– Si, tu es la première, dit-elle.

Elle éteignit le feu sous ses deux casseroles, alla s'asseoir à la table de cuisine et invita Irina à faire de même. Ce qu'elle fit.

Les deux femmes se regardèrent sans rien dire, l'espace d'un court moment. Ce fut Irina qui parla la première.

– Vous avez trente-cinq ans... (Monica opina.) Vous pourriez être ma mère.

– J'ai eu un fils de ton âge.

– Oui, je sais, il est mort...

– Il est mort du Sida, il y a dix-huit jours.

– Je regrette.

– Il a été contaminé par une fille de ton âge.

Irina garda le silence.

– Une prostituée, comme toi.

Irina se leva d'un bond mais Monica, qui avait prévu le coup, lui saisit le bras et la retint.

– Je dois y aller, fit Irina.

– Tu comptes aller où? Tu as rendez-vous?

– Je dois y aller, répéta Irina.

– Tu n'iras nulle part. De toute façon tu n'as nulle part où aller. Rassieds-toi. (Irina commença à se débattre pour se libérer.) Tu veux déguster d'autres baffes? Rassieds-toi!

Irina s'immobilisa, finalement elle se rassit de mauvaise grâce. Monica se radoucit.

– Je ne suis pas stupide, dit Monica. Cette fille n'était pas née avec le virus. Elle avait été contaminée, elle aussi.

Irina ne répondit rien tout de suite.

– Tu as le Sida?

– Je ne sais pas.

– Je n'ai pas l'intention de me venger sur toi, Irina. Il va falloir que tu me fasses confiance.

– Je ne sais pas comment je vais.

– Bien sûr que non. (Monica sourit.) Pardonne-moi, Irina.

Elle lui lâcha le bras.

– De toute façon, que tu sois atteinte ou pas n'a pas d'importance. Je t'achèterai une dose de cet antidote.

Irina la regarda, étonnée.

– Vous voulez me vacciner vous-même?

– Tu préfères aller à l'hôpital? (La jeune fille baissa les yeux.) Je suppose que tu n'as plus tes papiers...

Quelque chose parut se briser chez Irina. Elle porta une main à son visage. Monica la lui prit, et d'instinct Irina se couvrit la face de son autre main.

Avant de fondre en larmes.

Monica ne chercha pas à la consoler. Pas tout de suite. Elle se contenta de serrer la main d'Irina dans les siennes, pendant que la jeune femme se soulageait.

– C'est ça, pleure, ma chérie. Pleure.

Cela dura deux bonnes minutes, pendant lesquelles Irina évacua tout, ses tensions, sa misère, sa fatigue, sa honte. Tout ou une partie de sa détresse. Alors elle sembla se calmer.

– Je suis désolée, fit Monica, je... je n'ai pas de mouchoir à portée de main.

Irina gloussa entre deux sanglots. A ce moment, Monica eut envie de la prendre dans ses bras mais elle hésita.

– Regarde-moi, Irina.

La jeune fille renifla trois fois et leva les yeux sur elle. Monica lui prit le visage entre ses mains.

– C'est fini, maintenant, lui dit-elle. Il ne t'arrivera plus rien de mal, j'en fais le serment. Tu m'entends?

Irina fit oui de la tête, un oui plein de reconnaissance,

avant de se jeter dans les bras de Monica. Qui la serra le plus fort qu'elle put.

Irina se leva à onze heures, le lendemain matin. Elle avait dormi très longtemps, d'un sommeil assez agité. Cela ne l'empêcha pas de se sentir reposée; elle n'avait plus joui d'un long sommeil ininterrompu depuis un moment. La veille, elle avait pris un vrai repas (son premier depuis une éternité) et regardé la télévision hongroise câblée, ce qui était nouveau pour elle. Les deux femmes avaient ensuite partagé le même lit.

Irina trouva Monica seule, dans la salle de séjour, plantée devant le poste de télévision qui déballait un flot d'informations nationales et internationales. Elle regarda autour d'elle, ses yeux trahissant une incrédulité non feinte.

– Bonjour, chérie, fit Monica en souriant.

– Bonjour...

– Bien dormi?

– Oui et non...

– Tu sais l'heure qu'il est?

Irina ne sembla pas entendre. Sa voix prit une intonation rêveuse:

– Je n'arrive pas à croire que je suis encore ici, fit-elle.

– Tu t'attendais à te réveiller dans ta prison?

– Bien... oui, en fait, oui. (Elle se gratta la tête.) Ce n'était donc pas un rêve...

– Tu es peut-être en train d'en vivre un, qui sait?

– J'en connais qui doivent être fous de rage, en ce moment.

– Tu parles de tes... employeurs?

– Heu... oui.

– Tu peux me parler d'eux?

188

Irina se raidit.

– Pourquoi?

– J'ai bien peur que tu n'aies échangé une prison contre une autre, mon ange. (Elle enchaîna en vitesse, pour ne pas laisser à Irina le temps de s'alarmer.) Je m'explique: tant que tu n'auras pas récupéré tes papiers d'identité, notamment ton passeport, tu ne seras pas en sécurité là-dehors. Tu comprends?

– Je comprends très bien, répondit Irina, tout à fait sérieusement.

Monica se leva et lui prit la main.

– Je suis désolée... je ne devrais pas te parler de ça dès ton réveil. (Elle l'emmena vers la table de la salle à manger.) Ton petit-déjeuner est prêt depuis deux heures. Mais tu veux peut-être prendre une douche d'abord?

Irina vit plusieurs pâtisseries en plus de céréales, prêtes à être consommées avec du lait, du thé, du café, du chocolat liquide, et qui attendaient, qui attendaient... De nouveau, son visage se fit rêveur.

– J'ai un peu l'impression d'être au pays des Merveilles, dit-elle.

– Ne te gêne pas pour autant, mange, mon chou, fit Monica, tout sourire. Régale-toi.

– Monica...

– Oui?

– Tu y penses depuis ce matin?

Monica la regarda avec des yeux ronds.

– Tu sais ce que tu viens de faire?

– Non, non...

– Tu m'as appelée par mon prénom et tu m'as tutoyée! Il y a du progrès.

Monica s'assit et Irina l'imita.

– Je me suis réveillée à huit heures, reprit Monica. J'ai essayé de te réveiller, pas moyen. Tu étais presque comateuse et tu gémissais dans ton sommeil. Donc je t'ai laissée et je suis partie faire quelques courses. Je suis revenue une heure après et tu dormais encore. Dans la même position, et tu gémissais toujours autant. Cette fois je n'ai pas essayé de te réveiller, cela aurait été risqué. Je t'ai laissée, et tu te réveilles seulement maintenant. Tu as dormi treize heures. Ma chérie, tu es restée dans cet état pendant tout ce temps! Donc oui, je pense à ces types et à tout ce qu'ils ont pu te faire.

– *Nous* faire, rectifia Irina. C'était toujours plus ou moins collectivement.

– Tu as envie d'en parler? (Irina baissa les yeux, puis secoua négativement la tête, mais Monica insista:) Est-ce qu'ils t'ont fait toucher à la drogue?

Si bien qu'Irina répondit instantanément:

– Bien sûr.

– Tu es accro... Irina, est-ce que tu es accro à quelque chose?

– Je ne pense pas, non. Je n'ai pas eu le temps de le devenir...

– Fais-moi voir tes bras.

Irina obéit, et Monica vit nettement quelques marques isolées de piqûres.

Apparemment, Monica était intervenue juste à temps.

La bonne femme à la barre se nommait Olga Karasovskabeva. 68 ans. La plus jeune des trois. C'était aussi la plus décatie et la plus radicale. Une vraie dure-à-cuire. Elle avait déjà fait ses preuves lors de précédentes interviews.

Le procureur la connaissait par cœur. Et il n'était pas le seul. Quasiment tout le monde se léchait d'avance les babines en vue du moment où elle se retrouverait sur le devant de la scène, et de tout ce qu'elle se mettrait à balancer.

– N'oubliez pas, Madame, lui dit-il, qu'il s'agit de votre procès et non de celui de la police.

– Vous pouvez me rappeler ce que la police nous reproche, au juste? lança-t-elle.

De nombreux rires fusèrent.

– N'en rajoutez pas, s'il vous plaît. Vous le savez aussi bien que moi.

– Pas aussi bien, je le crains. Nous ne leur avons rien fait et ils portent plainte contre nous.

– Pour obstruction à leur action.

– Action?

– Exactement. En clair, vous ne les avez pas laissés faire leur travail.

– Et ils nous font un procès pour ça?

– Cessez de poser des questions, madame.

– Excusez-moi. Je suis une vieille femme un peu larguée, j'ai besoin qu'on m'explique. Et de poser des questions.

– Vous connaissez la réponse à celle-ci.

– Ce travail dont vous parlez, ils ne l'auraient pas fait même si nous leur avions fait part de nos renseignements.

– Et pourquoi?

– Vous le savez bien, je pense qu'Elena nous l'a suffisamment bien expliqué hier. Si vous avez encore des doutes, demandez à vos clients pourquoi ils ont envoyé toutes ces pauvres filles en détention.

– Parce qu'elles sont en situation irrégulière sur notre territoire, et sur le point d'être expulsées, voilà pourquoi.

– Pourtant ils savent très bien qu'elles ont été enlevées et que leurs passeports leur ont été confisqués par leurs pseudo-employeurs.

Cette fois-ci ce fut une vague d'applaudissements qui balaya l'assistance. Certains flics se levèrent, les uns pour protester, les autres pour insulter la prévenue, mais ils ne purent se faire entendre. Ils étaient submergés.

Le juge dut taper comme un fou de son marteau pour dominer le brouhaha.

– Silence! Silence! hurla-t-il. Silence, ou j'ajourne la séance!

L'effet fut immédiat et le calme se réinstalla dans les cinq secondes qui suivirent. Le procureur reprit la parole.

– Vous prétendez que la police est censée savoir où les souteneurs mettent les passeports de leurs... pseudo-employées?

– Ces filles sont les victimes d'un trafic à grande échelle, qui, je présume, rapporte énormément d'argent, la police est censée les aider, et elle ne le fait pas.

– Vous ne croyez pas que vous poussez le bouchon un peu loin?

– Ils n'ont toujours pas interrogé ces types, concernant ces passeports. Ils ont préféré nous inculper d'abord. C'est ça que je veux dire. Ils parlent d'obstruction. De quelle obstruction? A quelle action? Jusqu'ici, la police n'a toujours pas bougé.

Nouveau flot de rires et d'applaudissements, assez bref cette fois.

Le procureur secoua la tête, agacé.

– Encore une fois, dit-il, il s'agit de votre procès, et non de celui de la police. Tâchez de garder cela à l'esprit.

– Mais c'est ce que je fais. Et je ne fais que me défendre. Ce qui est mon droit le plus élémentaire.

– Vous attaquez surtout le corps policier.

– Je regrette, mais ce corps policier nous a attaquées, donc j'attaque en retour. La meilleure défense, c'est l'attaque. Tout le monde le sait. Je dois aussi justifier ces dommages et intérêts que nous comptons bien réclamer si nous gagnons cette parodie de procès.

– Et quel est le motif?

– Harcèlement moral. Et non-assistance aux victimes.

– Non-assistance aux victimes?

– Certainement.

– De quelles victimes s'agit-il? De vous trois, ou de toutes ces jeunes filles?

– De toutes ces filles, bien sûr. Nous porterons plainte à notre tour, mais en leur nom.

– Et quels sont vos arguments?

– Leurs passeports, où sont-ils? Ils sont bien quelque part. Notamment dans cet hôtel clandestin du sexe. Vous croyez que jusqu'ici, la police s'est démenée pour essayer de les trouver, notamment en fouillant cet endroit? Non, ils préfèrent traiter toutes ces jeunes filles comme des criminelles, des immigrées clandestines, c'est tellement plus facile et rapide.

– En clair, vous insinuez que la police est suspecte dans cette affaire?

– Non, je lui reproche simplement de ne rien faire pour aider ces filles. Non-assistance caractérisée. C'est tout. Que la police soit impliquée, ça la regarde. Si c'est le cas, elle devra en répondre aussi.

Olga balayait tout sur son passage. Un vrai raz-de-marée. Le taux d'audience atteint son pic, un pic historique dans l'histoire de la télévision hongroise. Visiblement, les gens adoraient le fait de voir une petite vieille en mettre plein la vue en direct à toute leur police nationale que visiblement, ils ne portaient pas trop dans leurs cœurs.

Dans les régies, tout le monde buvait du petit lait.

Dans la salle, les flics, eux, étaient aux abois. Beaucoup essayèrent de se lever pour partir mais à chaque fois on donnait au contrevenant bleu l'ordre de reposer ses fesses et de rester tranquille.

Le procureur reprit la parole.

– C'est ce que je dis, vous insinuez presque que les policiers se conduisent comme le font tous ces souteneurs, ces exploitants du sexe?

– Ça, c'est vous qui le dites.

– Mais vous reprochez à la police d'avoir placé ces filles en détention sans raison valable.

– Je me fais mal comprendre, ou alors vous n'écoutez pas. Je leur reproche de les avoir placées en détention en tant qu'immigrées en situation irrégulière.

– Ce qu'elles sont.

– Ce n'est pas leur faute. Ce sont d'abord des victimes.

– Victimes de leur propre crédulité.

– Victimes surtout de ceux qui ont utilisé cette crédulité. Pour mieux les enlever, les amener où ils veulent, puis les enfermer et exploiter leurs corps, en tirer de juteux bénéfices, et ce en toute illégalité. Vous le savez bien, inutile d'essayer de m'embrouiller, ça ne marchera pas.

– D'accord.

– Et puis en quoi la crédulité constituerait-elle un délit?

– Changeons de sujet, vous voulez bien?

– Pourquoi?

– Parlons un peu de vous-mêmes. C'est-à-dire vous et vos deux amies.

– Ce sujet-là, il en est question depuis le début.

– Quelle mouche vous a piquées?

– Eh bien, fit Olga, toutes ces filles sont très jeunes, et certaines n'ont pas l'âge légal, comment l'expliquez-vous?

– Vous me demandez ça à moi? objecta le procureur.

– Excusez-moi. Simple façon de parler. Ce que je veux dire, c'est que maintenant que le virus du sida va être neutralisé, la peur de la maladie va disparaître et les enlèvements risquent de se multiplier. Et ces kidnappings viseront désormais l'ensemble des femmes, alors qu'avant ils visaient surtout les filles les plus jeunes, qui n'avaient pas encore eu de relations sexuelles et n'avaient donc pas encore été exposées au risque de contamination.

– Je comprends très bien. Mais dans ce cas, pourquoi ne pas être passées à l'acte plus tôt, alors que le virus réduisait le champ d'action de tous ces prédateurs sur ces toutes jeunes personnes? Pourquoi l'avoir fait juste maintenant?

Olga répondit d'une voix tranchante:

– Ce n'est pas notre profession, monsieur le procureur. (Rires dans la salle.) Nous ne sommes pas nées pour protéger la veuve et l'orphelin et pour fourrer un fusil sous le nez de tous les méchants. Sinon, oui, nous aurions commencé à le faire beaucoup plus tôt. Ce vaccin nous a fait prendre conscience du problème, nous a servi de catalyseur. Nous avons en quelque sorte voulu tirer une sonnette d'alarme sur un problème grave que cette grande découverte risque de cristalliser.

Monica arrêta sa voiture assez loin de l'entrée du cabaret, lequel était en train de fermer. Il était cinq heures du matin, le jour se levait sur Budapest mais les clients sortaient de l'établissement pour aller se coucher.

Elle se dirigea d'un pas assuré vers la porte d'entrée, et leva la tête. Comme Irina avait fini par le lui dire, un hôtel était situé au-dessus du cabaret, lequel ouvrait jusqu'à l'aube. Elle avait surtout enregistré ces deux infos. Le projet de visite spéciale avait ainsi fait son chemin dans sa tête, un projet qu'elle avait gardé pour elle. Pas question bien entendu qu'Irina y soit mêlée.

Un portier massif se tenait devant la porte d'entrée encore ouverte, Monica fit semblant de ne pas le voir et lui passa devant en entrant. Le portier l'arrêta.

– On ferme, madame.

– Mademoiselle.

– Excusez-moi. Revenez tout à l'heure.

– Je n'en ai pas pour longtemps.

Le portier lui prit le bras.

– Que voulez-vous?

– Parler au directeur, s'il est encore là.

– De la part de qui?

Elle donna un faux nom.

– Vous pouvez l'appeler d'ici? demanda-t-elle.

– S'il est encore là, oui. C'est à quel sujet?

– Une fille.

– Quelle fille?

– Appelez-le, vous le saurez en même temps que lui.

Pendant ce temps, le flux des clients continuait. Le portier consentit à se servir de son talkie-walkie, après un instant d'hésitation.

– Très bien, fit-il dans son appareil. (Puis, à l'adresse de Monica:) Allez-y.

Monica entra.

La salle était presque vide, les derniers clients s'apprêtaient à en sortir. C'était une salle de spectacle très classique, qui ménageait des alcôves à l'intention des clients. Monica regarda autour d'elle et ne vit aucune jeune employée encore en activité.

Elle se dirigea vers le bar, en se déhanchant légèrement. Il n'y avait personne derrière. Elle prit place sur un des tabourets tournants, croisa les jambes et attendit.

Cinq minutes plus tard, plusieurs personnes, tous des hommes, firent leur apparition. Il y eut un conciliabule entre deux d'entre eux puis ils se dirigèrent tous vers elle. La plupart des établissements de ce genre sont dirigés par des gangsters, et n'importe lequel de ces zèbres en avait l'allure type et pouvait se trouver à la tête de celui-ci. Ils étaient habillés exactement de la même manière, très « hommes d'affaires ». Costumes noirs, pantalons noirs, chaussures noires, lunettes noires. Il ne manquait que le corbillard.

Monica, elle, avait opté pour un look de mannequin ou de tapineuse au chômage, qui cherche désespérément à emporter l'adhésion d'un employeur. Cela lui avait pris plus d'une heure pour se préparer, pendant qu'Irina dormait. Elle s'était outrageusement maquillée et avait choisi le vêtement le plus provocant et les talons les plus hauts dans sa collection.

La salle était totalement déserte à part eux, quand ils se retrouvèrent autour d'elle. Cinq énergumènes. L'un d'eux était le patron, les quatre autres – dont le portier – devaient constituer sa garde rapprochée. Impossible de le distinguer tout de suite des autres. Même le portier n'était plus reconnaissable dans le tas. Monica dut attendre que l'un d'eux parlât en premier pour le repérer.

– Je suis Victor Plaszbó, que voulez-vous et qui êtes-vous? Et qui est cette fille dont vous voulez me parler?

Monica tourna la tête vers l'élu et attaqua bille en tête, droit au but:

– Une chose à la fois. C'est vous le patron de ce bouge infect?

Le seul genre de langage (direct et sans fioritures) que ces gens comprenaient clairement. Les yeux du type papillotèrent.

– Qu'est-ce que vous avez dit?

– Vous dirigez cette fosse d'aisance, oui ou non? Je tiens à savoir tout de suite avec qui je cause.

– D'accord. Oui, c'est moi qui dirige ce cabaret, sans aucun doute le plus minable qui soit au monde. Ça vous va?

– Tellement minable que vous êtes obligé de faire enlever des tas de nanas à l'étranger, et de les faire tapiner aux quatre coins de la ville, histoire d'arrondir vos difficiles fins de mois?

Le type ne répondit rien tout de suite, trop désarçonné par autant d'audace. Son visage se contracta sous ses verres sombres. Les quatre autres perdirent leur assurance et se mirent à remuer d'un pied sur l'autre, mais l'expression de leurs visages resta indéchiffrable.

Monica s'éjecta de sa chaise.

– De quoi vous parlez, là? dit Plaszbó d'un ton menaçant. Vous ne seriez pas un peu dérangée?

– Irina Fodoralenko, ça vous dit quelque chose?

– Comment vous connaissez ce nom?

– Vous la connaissez ou pas?

– Elle est employée ici.

– Elle a bossé, aujourd'hui?

Plaszbó perdit vite patience.

– Mais qu'est-ce que vous voulez, à la fin?

– Elle a travaillé aujourd'hui, oui ou non?

– Cela ne vous regarde en rien.

– Je sais où elle est.

Plaszbó ouvrit de gros yeux. Tellement gros que Monica put en entrevoir le blanc derrière ses lunettes.

– Ah oui?

– Oui, messieurs. Du coup, plutôt que ça me regarde.

– Et... où est-elle?

– Je regrette, mais si vous voulez le savoir, il vous faudra d'abord lâcher le paquet. Et pas un petit. J'ai la fille et je ne vous la donnerai pas en cadeau.

Le mafieux resta muet l'espace de cinq lourdes secondes, pendant lesquelles Monica eut le temps de placer:

– Alors? Si ça vous intéresse, dites-le-moi, sinon merci, ravie de vous avoir connus et bonne fin de nuit. Je vendrai la nénette à quelqu'un d'autre.

– Très bien, convint Plaszbó. Vous voulez qu'on en parle plus avant?

– Je ne demande que ça, répondit Monica.

– Venez dans mon bureau, chère madame...

– Mademoiselle.

– Excusez-moi. Mademoiselle. Nous pourrons discuter tranquillement.

Il indiqua à Monica le chemin et la pria de l'accompagner. Au moment où Monica se mit en mouvement, l'air un peu hésitant, l'un des quatre autres gars, celui placé sur le chemin, se mit en mouvement. Il fit jaillir son poing fermé qui frappa très sèchement Monica en plein visage. Elle ne vit bien entendu absolument pas le coup venir; elle encaissa très mal et s'effondra lourdement, d'un seul coup, sur le dos. Sans connaissance. Le sang se mit à jaillir à flots de ses deux narines.

Immédiatement, ils regardèrent autour d'eux. Les alcôves étaient toutes vides, la salle aussi. Pas de témoin oculaire de la scène. Aucun mouvement alentour.

Le club des cinq hocha la tête dans un bel ensemble.

– Joli, fit Plaszbó épaté. Merde, tu devrais refaire de la boxe. Ça te dirait que je te manage?

– Son sac est par terre, fit tranquillement le cogneur en guise de réponse.

– J'ai des lunettes, répliqua Plaszbó. (Les autres ricanèrent.)

Ce fut un autre type qui ramassa le sac. Il le passa à Plaszbó.

– On en fait quoi, de la pouffiasse? enchaîna-t-il.

– Rien pour l'instant. Allez l'enfermer en bas, on décidera plus tard. Faut d'abord que je sache ce que je peux trouver dans ce sac.

Plaszbó s'éloigna avec l'objet. Les quatre autres s'emparèrent de Monica, ils la prirent chacun par un membre et la soulevèrent du sol.

Ils traversèrent la salle, se dirigeant vers l'un de ses côtés. Arrivés à proximité d'un des murs, à l'endroit voulu, l'un d'eux poussa ce qui sembla être un bouton d'appel déjà encastré dedans. Une porte s'ouvrit telle celle d'un ascenseur, ils s'engagèrent dans l'ouverture avec leur tentant fardeau qui pissait le sang par le nez.

Les portes se refermèrent et se rouvrirent à peine dix secondes plus tard, et ils sortirent. Ils étaient dans le premier sous-sol, dans un long couloir dont les murs tapissés d'une moquette noire étaient truffés de portes fermées.

Ils venaient à peine d'allumer les lumières et de s'engager dans le corridor, quand Monica revint soudainement à elle et se mit à se débattre.

Surpris, les quatre molosses parvinrent malgré tout à maintenir leurs poignes autour de ses bras et jambes, sans cesser de progresser; ce qui incita Monica à gigoter encore plus fort, dans tous les sens, en grognant comme une forcenée.

– La garce... fit l'un d'eux.

– Purée, elle est furax, regardez-moi ça... une vraie tigresse!

– Elles sont toutes comme ça, au début. Ça dure jamais longtemps, une bonne séance de dressage et c'est réglé.

Pour l'instant, à force de contorsions désespérées elle

parvint à libérer son bras droit. Tout de suite, elle porta sa main sous sa robe.

Quand le type reprit son bras, il le retira armé d'un pistolet à petit calibre, qui se cala contre son ventre et dont le canon était dirigé vers le haut. Vers sa tête.

Monica pressa la détente. La balle pénétra sous le menton du type et lui fit sauter la cervelle. Le type s'écroula.

Dans la seconde qui suivit, avant que les autres aient pu réagir, elle pivota et tira une balle dans la figure de celui qui lui tenait le bras gauche.

Ce qui la fit tomber à terre.

Puis, de la même manière, elle abattit froidement le mastodonte qui lui tenait le pied gauche.

Dans l'intervalle, le dernier eut le temps de sortir son arme et de la pointer sur elle. Les deux coups de feu furent quasi-simultanés.

Il se prit la balle de Monica en plein cœur et s'effondra, raide mort.

Elle eut plus de chance, s'en tirant avec l'épaule gauche fracassée par une balle de calibre 38, qui la cloua littéralement au sol. Elle hurla.

D'autres hurlements lui succédèrent, venant de derrière certaines des portes. Monica, sa main droite armée crispée contre son épaule gauche, les dents serrées, le visage en sang, parvint à se relever, et trôna ainsi au milieu d'une espèce de cercle formé par les quatre cadavres.

Par-dessus le bruit des cris qui lui vrillaient les oreilles, elle en perçut un autre et vit la porte de l'ascenseur se refermer.

Elle respira un grand coup, essayant de recouvrer toute sa lucidité. Elle essaya d'ôter ses talons hauts mais à chaque tentative faillit perdre l'équilibre. Elle se contenta donc de ramasser le .38 et de marcher, péniblement chaussée vu son état, vers l'ascenseur, se doutant que l'autre – le patron – avait entendu la fusillade et viendrait voir par lui-même.

Elle se cala devant la porte et attendit, le .38 pointé en avant, son pistolet à elle dans son autre main, au cas où.

Elle ne se trompa pas. De l'intérieur de la cage elle put entendre la voix furieuse de Plaszbó filtrer:

– Putain... ils l'ont quand même pas butée?

La porte s'ouvrit sur lui. Il était seul. Il la vit et se figea. L'instant d'après il était mort.

Monica lui tira à bout portant une balle dans la poitrine. Le choc projeta le gangster contre la cloison opposée, puis il s'affaissa. Monica pénétra dans la cage et lui tira une deuxième balle dans la tête.

Les portes se refermèrent. Monica appuya sur le bouton du rez-de-chaussée. Bientôt les portes s'ouvrirent à ce niveau et elle sortit de l'ascenseur secret, le .38 pointé en avant, prête à tirer de nouveau.

Il ne restait plus personne à refroidir.

En clopinant elle se dirigea vers le centre de la salle vide, puis regarda autour d'elle, à la recherche d'une quelconque pièce éclairée. Le sang avait déjà imprégné sa robe sur son côté droit, et depuis un moment commencé à couler le long de ses jambes. Bientôt elle tournerait de l'œil. Il lui fallait absolument au moins retrouver son sac, puis sortir de là avant qu'elle ne perde connaissance.

Elle finit par repérer une lumière filtrant du fond de la salle, du côté droit de l'estrade, et s'y dirigea en gémissant de douleur. Elle atteignit une porte qui donnait vers l'arrière-salle, et sur laquelle était collé un panneau classique indiquant 'Staff Only – No Trespassing'. Elle la franchit et vit un dédale de couloirs luxueusement éclairés, décorés et tapissés, partant dans toutes les directions, et d'autres portes dont une seule, constituée d'un solide bois verni, était ouverte et par laquelle filtrait une lumière. Elle entra dans la pièce, un bureau d'affaires.

Son sac se trouvait sur la table, parmi d'autres objets.

Elle posa le .38 sur la table, prit le sac et constata qu'il était ouvert; elle le fouilla et vit que rien ne manquait. Sa carte d'identité était toujours à l'intérieur, ses clés, son argent liquide et le reste de ses affaires également. Apparemment la fusillade avait éclaté trop vite pour donner au mafieux en chef le temps de vider le sac et d'en disperser le contenu.

Monica soupira de soulagement. Mais le plus compliqué restait encore à venir.

Sans tarder elle se mit à fouiller la pièce, à la recherche de passeports étrangers. S'il y avait un endroit où le passeport d'Irina pouvait se trouver, c'était bien dans ce bureau. Le sanctuaire du souteneur proprio.

Malgré l'intense douleur à l'épaule gauche et son nez qui cuisait et saignait toujours, Monica fouilla tout d'une seule main, retournant tout, les tiroirs du bureau, les meubles hauts, les meubles bas et tout le reste. Et inévitablement, elle toucha au but. A force d'obstination et de persévérance.

Elle finit par dénicher une espèce de pochette qui contenait une ribambelle de passeports. Oubliant d'un coup la souffrance, elle les éparpilla sur le bureau et ouvrit tous ceux émanant de Russie.

Elle cria de joie en trouvant celui d'Irina.

Elle fit prendre au document le chemin de son sac, puis fit reprendre aux autres passeports celui de la pochette qu'elle laissa bien en vue sur la table. Puis elle alerta la police ainsi qu'un ami photo-reporter et quitta la pièce presque à quatre pattes.

La police la trouva gisant sur le trottoir devant la porte d'entrée de l'établissement, à demi consciente, dans un état second.

Elle put leur parler du sous-sol et d'un ascenseur secret, puis peu après ce fut le trou noir.

Le photo-reporter, qui s'était montré peu avant la police, avait eu le temps d'appeler une ambulance avant de prendre de multiples clichés.

Ça devenait une manie décidément, pensait le juge. Il était quatorze heures et tout le pays était au courant de ce qui s'était passé en début de matinée, dans les bas-fonds de la ville. Du coup ce procès, dont la quatrième journée d'audience venait de s'ouvrir, n'avait plus aucun intérêt, plus aucune raison d'être aux yeux de tout le monde, y compris des jurés et de lui-même. Les médias eux-mêmes avaient déserté la salle, leurs caméras n'étaient plus là et l'assistance avait fondu comme neige au soleil, il n'y avait quasiment plus personne. Même les flics étaient partis.

Le juge pensa donc logiquement que la comédie avait assez duré, et il décida d'arrêter les frais, de faire cesser un cirque qui ne servait à rien d'autre qu'à solliciter inutilement le compte en banque du contribuable et les instincts voyeuristes du téléspectateur. Le procureur en avait convenu avec lui, les nouvelles circonstances rendaient ce procès beaucoup trop absurde et risible pour qu'il puisse se poursuivre. L'avocat des trois femmes, lui, jouait sur du velours. Il jubilait.

C'était bien entendu la folie à l'intérieur et autour de l'hôpital dans lequel Monica avait été admise. Le nom de cet hôpital avait pourtant été tenu secret par la police mais une inévitable fuite avait provoqué une ruée des journalistes et un véritable emballement médiatique.

Officieusement, Monica avait été victime d'une tentative d'enlèvement mais ses assaillants ne s'étaient pas doutés qu'elle était armée. La thèse de l'enlèvement était devenue la plus probable suite aux effroyables découvertes effectuées par la police. Celle-ci avait « perquisitionné » dans le cabaret et, suite aux paroles de Monica qu'ils avaient pu recueillir, avaient fini par découvrir l'ascenseur camouflé et au total une quinzaine de jeunes filles (dont quelques mineures) maintenues sous clé, dans des conditions épouvantables, dans le sous-sol du cabaret mais aussi dans l'hôtel situé juste au-dessus, derrière des portes blindées et des fenêtres impossibles à ouvrir, aux vitres blindées elles aussi, et sans aucun système de ventilation ou de climatisation. Ils avaient également trouvé les passeports dans le bureau du principal. Les autorités attendaient que la jeune femme reprenne conscience pour pouvoir l'interroger et en savoir plus.

Suite à ces faits nouveaux, et vu qu'il était peu probable que cette Monica Vladeva soit poursuivie elle aussi – alors qu'elle avait tué cinq personnes –, le juge ouvrit cette quatrième journée d'audience en passant directement à la décision finale.

– Avez-vous délibéré? demanda-t-il à ses jurés.

– Oui, Votre Honneur, mentit l'un d'eux, qui se leva. Pour les délits d'obstruction à l'action de la police, de port et d'utilisation d'armes prohibées et d'agression avec arme, nous jugeons les accusées... non coupables.

Un verdict rendu rapidement, à la plus extrême unanimité. Sans doute pressés de voir ce qui se passait du côté de l'hôpital, les jurés se levèrent tout de suite et quittèrent la salle les premiers, pendant qu'Olga, Anna et Elena se congratulaient sous des applaudissements clairsemés.

Elles étaient rentrées dans le rang.

Pendant tout le temps que Monica était restée dans l'inconscience, le numéro de sa chambre d'hôpital avait été tenu secret par les membres du personnel soignant. Elle avait la clavicule brisée et avait été rapidement opérée, les chirurgiens sur place ayant tenu à profiter de son inconscience pour agir le plus promptement possible. Son nez cassé avait également bénéficié des soins nécessaires.

Elle avait repris connaissance peu après quinze heures et n'avait pas tardé à penser à Irina. Avant de partir pour sa petite croisade elle avait laissé son téléphone portable et un mot à son intention, lui disant notamment de ne pas chercher à quitter l'appartement avant qu'elle ne lui en donne l'autorisation par téléphone. Elle avait regardé autour d'elle et repéré un téléphone sur sa table de chevet. Elle avait de suite appelé son propre numéro.

Elle était tombée sur une Irina morte d'inquiétude, qui ne pouvait pas sortir et qui craignait le pire pour sa nouvelle amie, d'après ce qu'elle avait entendu à la télévision. Monica l'avait rassurée avec les mots qu'il fallait, et lui avait dit de ne surtout pas chercher à sortir de l'appartement (Irina n'en avait pas les clés et risquerait de se retrouver enfermée dehors), de ne pas s'inquiéter et de continuer à se reposer. Et aussi, de ne passer aucun coup de fil depuis la ligne fixe et de ne prendre aucun appel. Elle avait ajouté qu'elle devrait tenir l'appartement seule, pendant son séjour à l'hôpital, et lui avait intimé d'attendre deux jours avant de venir lui rendre visite.

Dans l'heure qui suivit elle fut assaillie par les journalistes et n'eut plus un instant de vrai répit jusque tard dans la soirée.

Sachant qu'il était inutile et dangereux de mentir, Monica confirma la version officieuse de la tentative de kidnapping, mais y ajouta des éléments inattendus. Elle connaissait les activités illégales couvertes par les tenants de ce cabaret. Elle s'y était rendue volontairement, au moment de sa fermeture, avec l'intention de se faire conduire, d'une manière ou d'une autre, dans le bureau du patron, pour ensuite le tenir en respect une fois à l'intérieur, et se faire remettre tous ces fameux passeports. (Elle savait que l'entreprise était à haut risque, c'était pour cela que pour mieux la remplir elle s'était munie de deux armes à feu à petit calibre, dissimulées sous sa robe, une fixée à chaque cuisse. Son permis de port d'armes était encore valide.) La tentative avait rapidement tourné court, elle avait été neutralisée par la violence et avait dû se défendre pour éviter de se retrouver enfermée et livrée à la torture. Par la suite, malgré ses blessures, elle avait pu localiser le bureau et y dénicher les passeports, ce qui expliquait les traces de sang et la présence d'un pistolet à gros calibre sur la table, qui appartenait à l'un des gangsters (celui-là même qui lui avait tiré dessus) et dont elle s'était servie par la suite pour mieux prévenir d'autres assauts. Cette précision acheva de convaincre les enquêteurs et journalistes les plus soupçonneux, dont certains, des policiers bornés ou tout simplement jaloux, l'interrogeaient avec un entêtement parfois excessif, proche du harcèlement. L'un d'eux parla d'actes criminels prémédités, un autre poussa la suspicion jusqu'à prétendre que Monica s'était tirée elle-même une balle dans l'épaule avec ce .38, mais un des journalistes prétendit ensuite, en plaisantant, que Monica s'était peut-être aussi cassé le nez elle-même, un autre ajouta, toujours sur le ton de la plaisanterie, qu'elle s'était aussi téléportée jusque dans ce sous-sol secret, ce qui fit taire les deux autres.

La séance d'interrogatoire et d'explications dura quarante-cinq minutes, après quoi le personnel intervint et Monica put retrouver une paix précaire, perturbée de temps à autre par une petite meute de photographes qui la mitraillaient de leurs flashes en passant. Précaire car elle savait qu'elle serait poursuivie pendant une période inconnue. Notamment par certains policiers et gratte-papiers, les plus tenaces, qui cherchaient à connaître les sources de Monica concernant ce cabaret. Monica avait dit que c'était un établissement qu'il lui était arrivé de fréquenter dans le passé mais cela ne leur avait pas paru suffisant. Ils comptaient bien obtenir, sur ce point précis, une satisfaction à la hauteur de ce qu'ils voulaient entendre.

Ils en furent pour leur frais, du moins pendant le séjour de Monica à l'hôpital, car le personnel soignant, excédé, finit par exclure dans la soirée tous les journalistes, photographes et policiers de l'ensemble de l'enceinte, arguant que leur présence et leur comportement étaient préjudiciables au bon rétablissement des malades.

Deux jours plus tard, Monica croulait sous les hommages et les témoignages de remerciements en tous genres. Tellement que la chambre était devenue à la limite du praticable. Lettres, bouquets de fleurs, cadeaux les plus divers, et aussi coupures de presse élogieuses, vantant ses mérites, que les membres du personnel avaient parsemées aux quatre coins de la pièce, sur les murs. L'une des jeunes filles que Monica avait fait libérer était la petite-nièce du consul de Turquie à Moscou; celui-ci lui avait annoncé qu'il viendrait la voir en personne, accompagné de son épouse et de leur petite-nièce enfin retrouvée, pour mieux lui témoigner son éternelle reconnaissance.

Dans l'intervalle les visites n'avaient pas manqué de se multiplier (notamment celle d'un producteur de télévision qui lui avait proposé une grosse somme d'argent en échange du récit de son escapade), mais les premières à venir la féliciter avaient été Olga, Anna et Elena. Les trois femmes âgées s'étaient bien évidemment montrées ensemble. Elles lui avaient apporté de la nourriture de qualité (celle servie à l'hôpital laissant à désirer) tout en s'engageant à lui en apporter tous les jours, et s'étaient proposées pour lui servir de gardes pendant son séjour et pourquoi pas après, pour la protéger de tous les envieux et autres malveillants qui pourraient lui vouloir du mal, les policiers en premier. Monica n'était pas en position de refuser. Elle ne manqua pas de leur dire qu'elle n'avait fait que suivre leur exemple. Elles en furent si heureuses qu'elles parurent revenir en enfance toutes les trois, en même temps.

L'avocat des trois vieilles dames était lui aussi venu la féliciter et lui témoigner sa plus vive admiration, et n'avait pas manqué de lui proposer ses services, au cas où d'éventuelles plaintes ou accusations seraient portées contre elle, ce qui restait dans le domaine des possibilités.

Irina se montra en fin d'après-midi. Elle avait effectué le trajet à pied, en longeant les murs, la peur au ventre. N'ayant pas les clés et ayant été contrainte de fermer la porte derrière elle, elle s'était retrouvée pour ainsi dire enfermée dehors, sans papiers et sans aucune connaissance de la langue hongroise. Elle n'avait pas eu droit à l'erreur. Monica pouvait voir la sueur perler sur son visage et imagina facilement le moment pénible qu'elle avait dû passer.

La jeune fille se précipita sur elle en sanglotant de bonheur et de soulagement.

– Doucement, ma douce... fit Monica en gémissant légèrement sous la douleur.

Son bras gauche était en écharpe et son visage barré par un épais pansement appliqué sur son nez.

– Ça va? demanda Monica.

– Oui, ça va, répondit Irina en reniflant, mais... et toi?

La béatitude passée, elle était aux petits soins.

– Ne t'inquiète pas pour moi, fit Monica en hochant la tête en souriant. Tu t'en sors, à l'appartement?

– C'est bon, je ne manque de rien.

– Très bien. Passe-moi mon sac. Dans l'armoire, je crois. Dépêche-toi. (Irina alla ouvrir l'armoire et en retira le sac à main.) Ouvre-le et apporte-le-moi.

Irina obéit et Monica, de sa main droite, retira un petit livret, dissimulé derrière une doublure du sac. Elle le lui tendit. Irina n'en crut pas ses yeux en reconnaissant son passeport.

Eperdue de reconnaissance, elle se figea, toute tremblante, comme tétanisée, ne sachant plus où se mettre et encore moins quoi dire. Monica lui donna la solution.

– Approche, ma chérie, en tendant vers elle son bras valide.

Irina se détendit et, acceptant l'invite, couvrit le visage de Monica de baisers humides, en sanglotant sans retenue.

– Que dire? finit-elle par bredouiller.

– Ne dis rien, dit Monica. Contente-toi de mettre ça dans ta poche.

Irina ne se le fit pas dire deux fois.

Puis Monica sortit ses clés et une liasse de billets du sac.

– Tiens, reprit Monica en lui tendant le tout. Tu auras bien besoin de tout ça.

– Oui, dit Irina.

– Rentre, maintenant, et ne reviens pas. Nous nous reverrons bientôt.

– Pourquoi tu as fait tout ça?

– Il le fallait, répondit simplement Monica.

– Tu aurais pu te faire tuer!

– Je sais. C'était dangereux, mais j'ai pris mes dispositions. Allons, sèche tes larmes, tu me fends le cœur.

Irina sécha ses larmes qui coulaient sans discontinuer.

– Je t'aime, fit-elle.

– Je t'aime aussi, dit Monica. Et je pense que tu en vaux la peine.

– Tu veux ton portable? Je l'ai apporté.

– Bravo! Pose-le sur la table.

– On s'occupe bien de toi ici?

– Tu n'as rien remarqué? (Irina posa le téléphone cellulaire sur la table de chevet, puis regarda autour d'elle et parut découvrir la chambre.) C'est la rançon de l'héroïsme et du succès, dit Monica.

Peu après le départ de sa jeune protégée, Monica se dit qu'Irina avait désormais la possibilité de rentrer chez elle si elle le désirait. (Mais elle lui avait proposé de devenir mannequin et avait espéré que cela l'inciterait à rester, ce dont elle ne doutait pas.) Elle se mit à espérer que toutes ces filles qu'elle avait contribué à faire libérer, avaient elles aussi cette possibilité, que l'obstination dont elle avait fait preuve pour trouver leurs passeports n'ait pas été en pure perte.

Elle ne put s'empêcher de penser à ce fameux antidote anti-HIV qui avait été le véritable déclencheur de son acte. Pourtant cette découverte n'avait pas fait que des heureux, et elle se comptait dans le tas... c'était précisément cela qui l'avait incitée à agir, et l'exemple d'Olga et des deux autres vieilles dames, ajouté à la présence d'Irina, l'y avait définitivement poussée. Elle était fière de s'être rendue vraiment utile et d'avoir fait le bonheur d'un supplément de personnes à travers l'Europe, tout en espérant avoir donné une certaine impulsion pour que le trafic sexuel d'êtres humains puisse être mieux jugulé.

Car elle savait que l'apparition du vaccin constituait une bonne nouvelle pour les prédateurs et allait relancer le tourisme sexuel. Et donc, relancer cet odieux trafic.

Olga l'avait très bien expliqué pendant le procès.

Monica était lucide et savait aussi, contrairement à beaucoup d'autres, que le vaccin ne ferait pas totalement disparaître le virus, qui aurait tout le loisir de tuer encore et encore, notamment dans les contrées les plus isolées, les plus reculées et les plus pauvres. Du coup, le fait qu'elle-même s'était fait vacciner la faisait un peu sourire.

Puis elle repensa à son aventure dans ce cabaret et cela lui rappela brusquement une scène de *Taxi Driver*[4], un des deux autres films qu'elle avait loués et visionnés trois soirs auparavant. Plus cela allait, et plus elle trouvait des points communs entre cette fusillade qu'elle avait déclenchée, et celle qui figurait à la fin de ce film, qui elle aussi est déclenchée par le personnage principal, dans un but à peu près similaire.

Le cinéma était une chose merveilleuse.

La porte s'ouvrit et un épais bouquet de fleurs vint s'ajouter à tous les autres. Avec une boîte en supplément, contenant quelques coccinelles. Le tout lui avait

4. Célèbre film américain réalisé par Martin Scorsese et écrit par Paul Schrader, avec Robert de Niro et Jodie Foster, et sorti en 1976.

été envoyé par Irina, qui souhaitait que cela lui porterait d'autant plus bonheur. Monica ouvrit la boîte et les insectes s'envolèrent.

Plus tard, alors que Monica dormait, une nuée d'autres coccinelles s'engouffra dans la chambre par la fenêtre ouverte.

After AIDS

Volume 1

TABLE

www.ingramcontent.com/pod-product-compliance
Lightning Source LLC
Chambersburg PA
CBHW070828120626
46556CB00002B/682